GABRIEL BARYLLI · HONIGMOND

GABRIEL BARYLLI
HONIGMOND

*„Für alle,
die noch an den
Märchenprinzen
glauben"*

nymphenburger

Für Monika Maria –

»– con tutto il mio cuore . . .«

Umschlaggestaltung: Volkmar Schwengle, BuW, Berlin
Umschlagbild: The Image Bank · Bildagentur GmbH
Satz: IBV Satz- und Datentechnik GmbH, Berlin
Gesetzt aus Times
Druck und Binden: Wiener Verlag, Himberg
Printed in Austria
ISBN 3-485-00679-3

»Wir werden nicht alleine geboren –
wir müssen nicht alleine leben –
und wenn wir einsam sterben,
sind wir selber schuld . . .«

Mauricio Santini

Ich bumse gerne.
Mein Gott, hat das lange gedauert, bis ich das sagen konnte. Nicht in der Öffentlichkeit, versteht sich – nicht mitten in einem eleganten Kerzenlichtdiner nach den Philharmonikern –, da bin ich nicht mit dieser Wahrheit herausgeplatzt, so daß jedem der Teilnehmer die Auster von der Schale gerutscht ist. Nein – mit mir hatte ich Probleme. Ich war die Zensur, die nicht erlaubt hat, es so zu sagen, wie es ist.
Ich bumse gern.
Jahrelang habe ich Leslie-Caron-Umschreibungen verwendet wie: »Ich liebe es, Liebe zu machen – voller Liebe...« – Oder –
»Körperliche Nähe als nächstes im Sich-nahe-Kommen«.
Oder –
»Eins-Werden im Alleinen ist einzig«.
Faserschmeichlichestandardsätze für die eine schlichte Wahrheit, die da lautet: Ich bumse gern. Warum hat das so lange gedauert, bis ich sagen konnte: »Ich glaube, ich muß gut durchgebumst werden«, wenn ich Kopfweh habe, und nicht: »Leiden Sie auch so unter diesen ewigen Wetterfronten...?!«
Ich weiß es nicht...

Nur weil ich ein Mädchen bin und Mädchen himmlische Geschöpfe sind, die schon auf Vatis Knien schaukelnd gelernt haben, daß Engel immer nur ›zärtliche Nähe der Flügelspitzen‹ suchen und nur die bösen Buben aus dem dunklen Wald gegenüber ans Ficken denken?
Wahrscheinlich war das der Hauptgrund, daß ich so lange gebraucht habe, um zu einem Schwanz Schwanz zu sagen, und nicht ›Er...‹ – ›sein Liebesstab...‹ – oder in lockeren Momenten – ›Buntstift...‹
Sagt ein Bäcker zu seinem Mehl ›Engelsstaub‹?
Oder ein Tischler zu seinem Holz ›Waldgeschenk‹...
Na also –.
Warum diese Umwege – warum diese überspannten Erwartungshaltungen, die jeden trockenen Dornbusch in Flammen sehen möchten und als Zugabe die Stimme des Herrn vernehmen wollen, die dröhnend meldet, daß das Weibe dem Manne untertan zu sein hat.
»Realismus ist das Salz der Weisheit.«
Ich glaube, das stammt von mir – ist aber auch egal – nur eines ist sicher – denjenigen, die sagen wollen, ich sei ein kaltschnäuziges Luder – denen kann ich nur sagen – besser ein Luder und mit einem Lächeln der Entspanntheit einschlafen als ein Engel, dem die Flügel gestutzt werden.
Wieso – wird sich jetzt mancher fragen.
Wieso ist unsere süße Linda Rosenbaum, unser goldgelocktes Himmelsmädchen, so geworden?
Wieso ist sie von Vatis Knien heruntergerutscht und hinübergelaufen in den großen dunklen Wald, in dem die bösen Buben toben.

Das war so:
Auch ich war einmal Darstellerin des Hollywoodfilmes, den man ewige Liebe nennt, und mein Leben hatte oben und unten einen schwarzen Balken auf dem Bildrand, weil mein einziges Glück in Cinemascope gedreht worden war.
Wir hatten uns in einer kleinen bunten Zuckerbäckerstadt kennengelernt, in der ich damals lebte, um meine Jugend und meine Unschuld zu pflegen. Wir – das waren ich und er – Linda und Martin.
Martin hieß er. Und den Tag, an dem ich ihn zum ersten Mal gesehen habe – diesen Tag... Nun gut, keine Sentimentalität – es war ein Tag wie jeder andere auch, und es war heiß – sehr heiß sogar, und ich saß im kürzesten Kleid der Welt in einem der alten Caféhäuser, deren Terrasse an dem Fluß lag, der durch diese kleine Stadt strömte. Ich saß da – kurz und heiß und blond, und dann kam er vorbei.
Er ging langsam – ich glaube, man sagt Schlendern zu der Art, wie er ging – langsam und ohne Ziel und doch selbstbewußt gespannt wie ein junger Löwe, der nicht weiß, wohin mit seiner Kraft an diesem heißen, heißen Tag...
Er hatte Bluejeans an – alte, alte Bluejeans mit zwei Rissen am rechten Knie, die er sich wahrscheinlich im Kampf mit den Sarazenen geholt hatte, und einen schwarzen Gürtel mit einer feinziselierten Silberschnalle, die noch von einem Bankraub in Santa Fé stammte... oder von einer anderen kleinen Bank in einer kleinen heißen Stadt in New Mexiko. Diese Jeans

waren ein Wahnsinn – am Bein entlang fielen sie locker, ohne eng anzuliegen, trotzdem spannten sie sich immer dann, wenn er einen Schritt machte, an seine Oberschenkel, die vom vielen vielen Reiten stark geworden waren und ungeduldig darauf warteten, etwas zu bändigen, das noch nicht an einen Sattel gewohnt war...

Und dann sein Hintern – oh –... dieser Hintern... Er blieb kurz stehen und drehte dem versammelten Publikum den Rücken zu, um langsam über den Fluß zu blikken, und da sah ich es – unter seiner rechten hinteren Tasche war der Beginn eines langen Risses im Stoff zu sehen, und ich wußte es so genau wie man das Amen im Gebet kennt – noch zwei Tage, und an dieser Stelle würde der Stoff nachgeben, und man würde sehen, daß er nichts darunter anhatte – nichts – gar nichts zwischen seinen alten Jeans und diesem runden, festen, festen Hintern, der sich langsam mitbewegte, als er sich wieder umdrehte und mich ansah.

Direkt sah er mir in die Augen und hielt mich fest mit diesem Blick und diesem Lächeln, das ganz langsam über dem Horizont auftauchte und warm und weich wurde und –

Ich weiß nicht, wieso – ich blickte zurück in sein Lächeln und spürte, wie mein Bauch sich spannte und mein Atem tiefer rutschte und ein Lächeln hochstieg und zu ihm hinflog und...

»Ich glaube, ich muß mich zu dir setzen«, sagte er leise und saß plötzlich neben mir, so als ob der Stuhl seit siebeneinhalb Millionen Jahren nur für ihn freigehalten worden wäre...

»Ja, ich glaube auch«, antwortete ich und war nicht einmal erstaunt über diese Antwort, die wir in einem guten Film gesagt war – wie in einem guten Film, in dem Jack Nicholson und Meryl Streep schon beim ersten Blick wissen, daß sie am nächsten Morgen nebeneinander aufwachen werden.
Kunststück – die haben ja auch das Drehbuch gelesen und spielen in diesem ersten Blick schon die halbe Ewigkeit mit – aber ich – woher hatte ich diesen frechen scheuen Mut, ihn ohne Fragezeichen in mein Leben zu lassen?
Woher kamen dieses Lavagefühl in meinen Knien und diese anderen Augen, diese besonderen Hände, die ich plötzlich hatte, seit er an meinem Tisch saß –.
Wieso waren meine Blicke plötzlich so ohne jede Schranke – so ohne Hindernis auf dem Flug zwischen ihm und mir?
Weil es so heiß war?
Weil es Vollmond war?!
Weil mein Campari Soda so rot war?
Oder weil es doch ein Drehbuch gibt für alle Begegnungen auf diesem Planeten und weil ich das Drehbuch kannte, ohne es zu wissen, und einfach »ja« sagen mußte, weil es so geschrieben stand?
Egal – jetzt saß er an meinem Tisch, und ich sah ihn an. Er trug ein altes weißes Hemd – so eines von der Art, die noch diese handgeschnitzten Perlmuttknöpfe haben, in die vier kleine Löcher gebohrt sind und nicht nur zwei wie in die Plastikknöpfe, die so austauschbar sind wie – wie... Diese alten Knöpfe waren etwas gebogen –, und –

man konnte noch die Muschel spüren, aus der sie herausgeschnitten worden waren. Und das Hemd hatte er über die Unterarme hochgerollt. Seine Arme waren leicht gebräunt und hatten blonde Haare – die in der Sonne golden schimmerten... Ja – das Leben im Freien, dachte ich – sah, daß auch die Haare auf seiner Brust golden waren und die Haut dort etwas dunkler als auf den Armen...

Nein, nein – er hatte das Hemd nicht offen bis zum Bauch – wie ein billiger Strandläufer – im Gegenteil –, er hatte sogar nur den obersten Knopf offen, was ihm so eine Unschuld verlieh, wie einem Holzfäller, der selbst in den dunkelsten, finstersten Wäldern die Sachen nie ablegt, die seine Mutter ihm zusammengepackt hatte am Morgen, an dem er aufbrach an den fernen Clondyke.

Trotzdem – trotzdem konnte ich diese Brust sehen und die goldenen Haare und diese Brust, die stark war, ohne blödsinnig trainiert zu wirken... O Gott – ich hasse diese *Ochsenkörper*, denen man bei jeder Bewegung ansieht, daß sie jeden zweiten Tag auf die Laufmaschine bei Schwierigkeitsstufe sechs workouten und beim Bizepstraining schon mit den Achterhanteln arbeiten...

Nichts von alledem – er war... ja – er war gesund –, gesund ist das richtige Wort, stark, gesund, jung und doch nicht so langweilig gesund wie diese US-Collegeboys – die vor lauter gesundem Lächeln den Lichtschalter nicht finden, wenn es Zeit wird, zur Sache zu kommen.

Nein – er war einfach ein Mann, der wußte, daß er am Leben war, und das war wie eine breite Welle am Meer, die man schon lange kommen sieht und die breiter und

höher wird und dann langsam ihre weiße Schaumkrone aufbaut, und dann ist sie da. Und man breitet die Arme aus und läßt sich hineinfallen und mitnehmen und herumdrehen und herumdrehen von ihrer Kraft. Und genauso waren seine Augen, und genauso ließ ich mich von ihm herumdrehen und herumdrehen und –.
Niemand soll sagen, ich wußte nicht, was ich tat.
Ich war alt genug, einen Scheck auszufüllen und meine Flaschen selbst aufzumachen. Und seit ich meine eigene schöne kleine Wohnung hatte, war ich die Königin auf Wolke sieben.
Es war auch nicht so, daß er zu dieser Welle wurde, die mich fortriß, weil ich noch nie im Meer geschwommen war.
Nein, nein, im Gegenteil – ich war schon ein paarmal beim Tauchen naß geworden, und das nicht nur im Kinderbecken mit Sichtkontakt zum Schwimmlehrer.
Aber – ich weiß auch nicht genau, was es war... Es ist einfach nie – ja – es war nie ein Kopfloswerden mit den Männern vor ihm – nie ein lachendes, brüllendes Ver sinken und Schweben im gleichen Moment, zu dem man seine Zustimmung gibt, obwohl man wie ohnmächtig ist... Nein, nicht ohnmächtig, sondern ›wie‹ ohnmächtig... Ein Jasagen zum Taumel, der sich um das eigene Herz dreht wie der Stoßverkehr um den Arc de Triomphe im April...
Na gut – man kann es auch verliebt nennen. Aber in dem Moment, in dem er seinen Campari bestellte, damals an diesem heißen Tag in dieser heißen Stadt, damals war ich noch nicht soweit, dieses Wort zu denken, und –.

»Ich kann doch dein Glas nicht so alleine lassen«, sagte er und beugte sich mit diesem Satz so weit über den Tisch zu mir, daß ich die Farben seiner Augen sehen konnte... Die Farben – diese Farben – nicht so wie bei den meisten Männeraugen, die ich kannte und die entweder braun gewesen waren oder blau oder – bei ihm war das anders –. Seine Augen waren wie, wie eine Schatztruhe voller Juwelen, die auf einem Piratenschiff im tiefsten Meeresgrund von Haifischen umschwommen werden, denen überhaupt nicht bewußt ist, was für Schätze unter ihnen darauf warten, gehoben zu werden.
Schnell auf die Bremse treten – dachte ich, und stieg daneben und voll aufs Gaspedal und sagte den Satz: »Ja – wir sind doch alle allein – oder?!«
»Genau!«
Der Ober brachte ein Tablett und begann dieselben Details vor ihm aufzubauen, die schon vor mir gestanden waren, als ich ihn zum ersten Mal angelächelt hatte. Ein hohes schmales Glas mit dickem Glasboden – darin zwei Finger purer Campari –, ein kleines Kännchen mit Mineralwasser und auf einer kleinen weißen Untertasse vier runde gelbe Zitronenscheiben. In einer Glasschale klickten einige Eiswürfel gegeneinander, die bereits begonnen hatten zu schmelzen. Jetzt nahm er drei davon in seine Hand und ließ sie in das Kirschrot hineinfallen – er nahm eine Zitronenscheibe und drückte mit seinen Fingern ein wenig Saft auf die Spitze der Würfel, die über den Rand der Flüssigkeit ragten.
»Am Anfang immer pur«, sagte er und griff nach seinem Glas und schwenkte es ein wenig hin und her und nahm

einen kleinen langsamen, kostenden Schluck – dann stellte er das Glas zurück auf den Tisch und nippte mit den Lippen einen kleinen Rest von Zitronenfleisch von seinem Mittelfinger weg, der –.
»Das hilft bei der Hitze«, sagte er und begann, das Mineralwasser aus dem Kännchen in sein Glas zu schütten. Es zischte ein wenig, und die dunkelrote Flüssigkeit wurde ein wenig heller und durchsichtiger, und hundertsiebenundzwanzig kleine Perlen tanzten vom Boden zu den Eiswürfelresten, die inzwischen aussahen wie kleine Eisschollen in einem See aus –.
»Woran denkst du?« fragte er und sah mich an.
»Daß ich nicht weiß, wer du bist, und wie du heißt –«
»Ich bin der Mann, von dem du wolltest, daß er sich an deinen Tisch setzt –«
»Das wollte ich –?!«
»Das wolltest du.«
»Du hast mich angelächelt.«
»Ja – aber nur, weil du so schön bist.«
Weil ich so schön bin... O Jesus, wie kann er so etwas sagen –.
»Weil ich so schön bin«, das ist doch ein völlig plumper Satz und noch dazu so direkt und... und lächerlich – und bei jedem anderen peinlich – aber... Ja – bei jedem anderen –. Aber er war eben nicht jeder andere... Er konnte es sich erlauben, die unmöglichsten Dinge zu tun und zu sagen, und – er war wie Marylin Monroe... Ich meine Marylin, die auch immer alles tun konnte, was bei jeder anderen ausgesehen hätte wie Tante Paulas Versuch, lasziv zu wirken – aber bei ihr eben nicht.

Allein diese Szene, in der sie Tony Curtis das Küssen beibringt. Da hat sie dieses wahnsinnige Kleid an, in dem sie so aussieht, als würde ihr wahnsinniger Busen im Freien schweben, und dann schaltet sie das Licht aus und tanzt im Halbdunkel des Zimmers mit zwei Champagnergläsern in der Hand auf das Sofa zu, auf dem Tony liegt und darauf wartet, daß dieser Busen endlich vor seinem Mund... Sie tanzt diese zwei Schritte wie ein unbeholfenes Mädchen vom Lande, und bei jeder anderen müßte man das Licht wieder anschalten und sagen: »Mach dich nicht lächerlich« – bei ihr ist es das Gegenteil – sie darf es... sie kann es... sie muß es, und wer das nicht begreift, hat nichts begriffen und sollte noch einmal von vorne anfangen...

Ja – und er war wie Marylin –. Bei jedem anderen hätte ich laut gelacht, wenn er nach den ersten fünf Minuten gesagt hätte: »Ja – weil du so schön bist.«

Nicht so bei ihm... Er sagte es, und obwohl er lachte, blieb er ernst bei dem Satz –. Er lachte mich an und blieb ernst und stark in dem Satz und ohne Zweifel und ohne Koketterie.

Ich sah ihn an und dachte: Er hat recht.

Nein – nicht mit der Erkenntnis, daß ich schön war, sondern mit seiner Art, keine Umwege zu machen. Keine Umwege und keine Spielereien und Spielchen und Gekichere und Gealbere und... Er war einfach der erste Mann in meinem Leben – der erste wirkliche Mann, der sich nicht pausenlos dafür entschuldigte, daß er so war, wie er war. Er hatte keine Angst, sich lächerlich zu machen – und das war es, was ich an ihm liebte. Ich weiß nicht mehr Wort für Wort, was wir an diesem Nachmittag miteinander sprachen – ich erinnere mich nur mehr an die Farben und Klänge dieses Augenblicks.

Die Terrasse, auf der wir saßen, war so groß wie drei Wohnzimmer –. Es standen ungefähr zwanzig bis dreißig Tische auf ihr, die noch aus früheren Zeiten übriggeblieben waren und wahrscheinlich schon viele solcher Begegnungen miterlebt hatten. Es waren diese runden Tische, die aus Metall sind, aus Metall, mit weißlackierten Beinen, von denen zwei in einer Schiene auf der Unterseite des Tisches angebracht waren, so daß man sie am Ende des Tages zusammenlegen und Tisch an Tisch unter einem wasserfesten Tuch übernachten lassen konnte, um sie am nächsten Morgen neu aufzubauen.

Die Tischfläche selbst war rund und in einem hellen Lindgrün gestrichen, das jeden Tag von den Strahlen der Sonne einige Schattierungen heller wurde. Die Stühle waren aus dünnen Eisenstreben, und die Sitze und Rükkenlehnen aus Holzlatten, die auch weiß gestrichen waren. Jeden Frühling wurden sie weiß gestrichen, und die Jahresringe ihrer Farbschichten hatten die Kanten der flachen Bretter rund werden lassen, und an den Schmalseiten konnte man an einigen Stellen die getrockneten Farbtropfen erkennen, die der Maler übersehen hatte – oder bei denen er einfach nach dem siebzehnten Frühling nicht mehr die Geduld hatte, genauer zu sein mit seinem Pinsel. Über unseren Köpfen spannte sich an einer langen Rolle eine Markise über die Terrasse, deren Stoff alle zwanzig Zentimeter einen dunkelroten Streifen hatte und die am Morgen von einem der Kellner mit einer langen Metallkurbel aufgerollt und am Abend mit derselben Kurbel wieder eingerollt wurde. Sie rollten sie am Abend wieder ein, damit die kühle Nachtluft über die heißen Gesichter der Menschen streifen konnte, die da beisammen saßen und –.

Wieso war es schon so spät geworden?!

Ich sah erstaunt dem jungen Kellner im weißen Rock zu, wie er ein Windlicht auf unseren Tisch stellte und uns dann fragte, ob wir noch etwas bestellen wollten.

»Nein danke«, sagte ich und sah mich um.

Auf allen Tischen brannten schon Kerzen in bauchigen Gläsern, die eine weiche, honigfarbene Tönung hatten und verhinderten, daß der Abendwind die Kerzen zum Flackern, das Wachs zum Rinnen brachte.

»Wer hat an der Uhr gedreht?« fragte ich und wendete mich wieder zu ihm.

»Komm, wir gehen«, sagte er, zahlte, und dann wanderten wir am Ufer entlang, an dem sich einige Schwäne bemühten, gegen die Strömung ans Land zu steigen.

Er hatte seinen Arm um meine Hüfte gelegt, und an der Stelle, wo seine Hand auf meinem Becken lag, begann es, heißer und heißer zu werden, so daß wir stehenbleiben mußten, um uns zu küssen. Er nahm mein Gesicht und legte seinen Mund auf meine Lippen, und ich wollte ihm auf der Stelle sein Hemd zerreißen, seine Jeans so zerfetzen, daß er am nächsten Tag nichts zum Anziehen hatte –. Dann drückte er meinen Körper mit beiden Händen gegen sein Becken, und ich spürte, wie er noch einen Riß mehr in seine Jeans bekam.

»Wenn ich dich nicht sofort nackt in meinen Armen

halte, werde ich wahnsinnig«, sagte er. Und weil ich das nicht verantworten konnte, ging ich mit ihm zu dem Hotel, in dem er wohnte.
Gott sei Dank lag es ganz in der Nähe der Schwäne, die es endlich geschafft hatten, aus den reißenden Strudeln herauszukommen, was man von mir nicht behaupten konnte.
Das Hotel war in einem zarten Pastellton angemalt – so ein Pastellton, wie man ihn eigentlich in Miami erwartet und der in Europa reichen älteren Reisenden das Gegenteil von Miami vermitteln soll.
Beständiges Gleichmaß will diese Farbe vermitteln, und so sahen auch die Gäste aus, die in der Hotelhalle in weiche Fauteuils zurückgelehnt einen Martini tranken...
Beständig – gleichmäßig – und alles andere als am Leben. Ich wunderte mich über gar nichts mehr. Auch der Portier nahm es gelassen zur Kenntnis, daß der Herr aus Zimmer 231 mit den zerrissenen Hosen eine blonde Zuckerpuppe mit viel zu kurzem Kleid in den Fahrstuhl schleppte und zu küssen begann, noch ehe die Türen sich wieder sanft geschlossen hatten. Einige stahlblau gefärbte Damen blickten mit Fragezeichen und Ausrufezeichen zu ihren Ehemännern, die auf die verdeckte Aufforderung mit einem tiefen Schluck aus dem Martini-Glas reagierten. Wann waren sie wohl das letzte Mal in einem Fahrstuhl an die Wand gepreßt worden, an die Fahrstuhlwand, an der das Tagesmenü des Hotelrestaurants aushing, das so teuer war, daß sofort klar war, daß man im ersten Haus am Platz war.
Wann war es wohl das letzte Mal geschehen, daß der jetzt

so gierig Martini schlürfende Gatte ihre Hand an seine Hose gepreßt hatte und sie das Gefühl hatte, das Leben in der Hand zu halten – das Leben, wegen dem sie ihn doch einst geheiratet hatte... Oder – oder war es ein anderer Grund –. Sollte es etwa nicht das Leben gewesen sein, zu dem sie »ja« gesagt hatten, sondern nur die Tarnung des Lebens...?
War es die Versuchung der dicken Brieftasche, die ihnen erstrebenswerter war als ein fester, harter Schwanz in ihrer jungen heißen Muschi...?
Vielleicht –. Wahrscheinlich denken sie nicht einmal in diesen Begriffen, wenn sie vom Deck ihrer Jachten aus jungen Surfern zusehen, die mit starken Beinen ihre Bretter durch die Wellen zwingen.
Ja, ja – so schnell kann einen die Entbehrung überholen, daß man sein Haupthaar stahlblau färbt noch ehe die Natur das übernimmt...
Man weiß ja, wie diese Amerikanerinnen sind – Pioniersgattinnen, die sofort nach dem Herztod der wandelnden Brieftasche dem jungen, frischen Pizza-Lieferanten dreistelliges Trinkgeld zukommen lassen – damit er den Heimweg etwas später antritt als sonst.
All diese Sehnsüchte waren in ihren Augen zu sehen, als sich die Lifttüre zwischen uns und die Halle schob, in der der schleichende Selbstmord exerziert wurde.
Egal – ich war nicht stahlblau, und woher er das Geld hatte, in diesem Luxustempel zu übernachten, war mir auch nicht wichtig, solange die Zimmer in diesem Hotel mit so breiten Betten ausgestattet waren wie das Bett in Zimmer 231.

Er schloß die Tüte hinter sich und sah mich an. Das wäre jetzt eigentlich der Moment gewesen, eine Pause einzulegen – Peinlichkeit aufkommen zu lassen, die man mit der Frage überbrückt: »Ein Glas Champagner...«
Nicht so er –. Er brauchte keinen Champagner – er brauchte nur mich – mich, mich, mich, mich, mich...
Er kam auf mich zu und begann, die Knöpfe von seinem Hemd zu öffnen – einen nach dem anderen, und dann zog er den Gürtel durch die Silberspanne, und es klickte leise, als das Metall der Zierkappe auf der Spitze des Leders gegen die Schnalle schlug. Er zog den Gürtel zusammen und bog den Dorn aus dem Loch, das in das Leder gestanzt war, und dann öffnete er die Knöpfe seiner Hose. Mit der anderen Hand griff er in meine Haare und zog mich wieder zu seinen Lippen. Sie waren heiß und schmeckten ein wenig bitter nach Campari. Wir küßten uns und küßten ohne uns loszulassen, und dann preßte er meine Hand auf seinen Bauch, der eine leichte Wölbung hatte bis unter seinen Nabel.
Gott sei Dank war das ein Menschenkörper und kein aseptisches flaches Muskelband, in dem es keine Kurven und keine Wellen gab. Er hatte schon starke breite Muskeln – ich fühlte, wie sie sich anspannten, als er meine Hand gegen seinen Körper preßte. Aber darüber war warmes, weiches Fleisch, das lebte und nachgab und rund war, und dann schob er meine Hand in seine Hose, und dann fühlte ich, wie groß und heiß sein Schwanz geworden war, und wollte ihn nie wieder loslassen, so stark war dieses Ding in meiner Hand. Ich kniete mich hin und zog seine Hose herunter, und es war wirklich so –. Er

hatte nichts an unter seinen hellblauen Hosen, nichts an, außer seinem Duft, seinem süßen, süßen, heißen Duft, der mich umarmte und wahnsinnig machte. Ich preßte mein Gesicht gegen seine Oberschenkel und spürte, wie es in ihm zu zucken begann –. Ich atmete tief und schnell ein und aus, um so viel wie möglich von seinem herrlichen Geruch in mich hineinzusaugen, und dann küßte ich ihn vorsichtig. Ganz vorsichtig und zart fuhr ich mit meinen Lippen über seine Haut, die weich war wie warme Seide und in deren Adern ich sein Blut klopfen sah –. Ich machte meine Lippen und meine Zunge ganz weich, und dann machte ich ihn naß, und dann öffnete ich meine Lippen so weit ich konnte, und schob meinen Mund ganz langsam über ihn, bis er ganz in mir drinnen war. Ich hielt mich mit beiden Händen an seinem Hintern fest und spürte, wie er kurz davor war zu kommen. Und als ich merkte, daß es gleich soweit war, hörte ich damit auf, meinen Kopf langsam vor und zurück zu bewegen, sondern hielt ganz still und bewegte nur mehr meine Zunge. Das war der Moment, in dem er sich langsam zurückzog und ich mich zur Seite auf den Boden legte... Ich sah ihm zu, wie er im Halbdunkel des Zimmers seine Hose von den Beinen streifte –. Er warf das Hemd auf den Boden und stand ganz nackt vor mir. Ich legte mich auf den Rücken und zog mein Kleid über meinen Bauch und versuchte, sein Gesicht zu sehen... Ich sah nur seine Silhouette gegen das Fenster und sah, wie unwahrscheinlich erregt er war –. Er stand da und sah mir zu, wie ich am Boden lag und langsam meine Beine auseinanderspreizte und mit beiden Händen über meine

Oberschenkel streichelte. Ganz ganz langsam fuhr ich höher und höher und zog mein Kleid über meine Schultern und mein Gesicht, als ich plötzlich spürte, wie er sich zwischen meine Beine kniete und in mich eindrang. Ich war blind und halb gefesselt von meinem eigenen Kleid, das sich über mein Gesicht spannte und aus dem ich noch keinen Arm herausgebracht hatte. Er legte sich langsam auf mich und schob sich dabei tiefer und tiefer... Ganz langsam und ohne Pause schob er sich in mich hinein, und als er völlig drinnen war, nahm er mit einer Hand meine Handgelenke hoch und zog sie über meinen Kopf und drückte sie dort auf den weichen Teppichboden. Ich konnte immer noch nichts sehen und meine Arme nicht bewegen, weil er sie zu Boden drückte. Ich wollte auch gar nichts sehen in diesem Moment. Es war gut so, wie es war –. Ich wollte nur seine Lust spüren – seinen Körper spüren – seine Zärtlichkeit und seine Kraft und seinen Willen und seinen Bauch und seine Beine und Haare und Haut und seine starken Schultern und seinen heißen Schwanz in meinem Körper, und dann mußte ich schreien. Als ich zu schreien begann, merkte ich, daß es bis zu diesem Moment völlig still gewesen war in unserem Zimmer. Es war völlig still gewesen bis auf seinen Atem, den Atem, den er hatte und der immer schneller und tiefer geworden war, und meinen Atem, der unter meinem Kleid um mein Gesicht und um meinen Kopf gelegen war wie ein warmer Wind in den Orangengärten Siziliens...
Jetzt aber mußte ich schreien – schreien vor Lust und vor Liebe und vor Sehnsucht, die ich so lange schon in mir

gehabt hatte und die noch niemals so hatte schreien wollen. Ich hörte, daß auch er zu stöhnen begann und dann zu schreien, und dann zerrte er mein Kleid von meinem Gesicht, wir küßten uns gierig und keuchend und schreiend, und immer wieder küßten wir uns und schrien auch dann weiter mit ineinander verbissenen Lippen und keuchten und schrien, und ich packte seinen Hintern und spürte, wie er immer und immer wieder in mich hineinkam mit so viel Zärtlichkeit und Festigkeit – und dann kam die Spannung... die große rote Spannung, die unten am Rücken beginnt und sich in den Bauch hinein ausdehnt und größer wird, und dann ist es mir so gekommen, daß ich dachte, ich verliere mein Bewußtsein. Im selben Moment ist es auch ihm gekommen, und ich habe ihn in meinem Bauch gespürt, heiß und naß und lebendig wie tausend kleine Flammen. Wie tausend kleine Flammen, die zu einem einzigen großen Feuer werden, das durch jede einzelne Zelle meiner Haut raste, bis ich verbrannt war.

Jetzt war es wieder still im Zimmer – fast – fast ganz still war es. Nur der Verkehr von der Straße war durch das Fenster zu hören, das eine Handbreit offenstand. Ein leichter Wind kam mit den Geräuschen der anfahrenden und vorbeifahrenden Autos ins Zimmer und streichelte mein Gesicht...

Ich war ganz naß – am ganzen Körper, heiß, naß, verschwitzt, brennend. Er lag auf mir, und ich spürte, wie sein Herz gegen seine Brust schlug und sich dieses Schlagen in meinen Körper fortsetzte.

Buschtrommeln, dachte ich. Die Buschtrommeln erzählen wichtige Nachrichten weiter im Lande Linda Rosenbaums... So war es... Mein Körper war das unentdeckte Land Linda, und sein Körper war der Entdecker, der ohne Zaudern hineinstieß in die dunklen Winkel dieses unbekannten Erdteils. Ich streichelte langsam über seinen Rücken und spürte, wie entspannt er war. Er lag halb auf dem Boden und halb bedeckte er mit seiner Brust meinen Busen, und er war überhaupt nicht schwer. Er war – er war wie ein Tier, das sich in seiner Höhle ausruht von der Jagd... Ich preßte meine Finger flach in seinen Rücken, bis ich das Gefühl hatte, daß sie mit seinem Körper ein Ganzes bildeten. Und so hielt ich ihn fest und fest, bis ich träumte, er zu sein. ... Ich fühlte plötzlich, wie es für ihn war, so auf mir in diesem dunklen Zimmer zu liegen und die Hand der Frau auf dem Rücken zu spüren, die er eben geliebt hatte. Es war wie ein Echo in einem Wald, wie ein Echo, das man noch zu hören glaubt, selbst wenn der Ton schon lange verklungen ist. Man steht zwischen den Bäumen und ruft: »Hallo!« Von ganz weit weg antwortet es: »Hallo...« Und dann steht man da mit einer völlig entspannten Haltung und ist bereit, es noch einmal zu hören... Man atmet ganz leise und still, um nichts zu verpassen. Und man schaut... Man schaut und sieht plötzlich all die Bäume ringsherum, und plötzlich wird aus dem Hören ein Schauen... Man möchte noch einen Klang wahrnehmen und wird offen – offen... offen für jedes leise Knistern, jedes Fallen einer Tannennadel –. So steht man und ist bereit, alles wahrzunehmen, was sich ringsherum tut. Plötzlich fliegt fünfzig Meter entfernt ein Vogel zwi-

schen den Ästen – eine kleine, unscheinbare Bewegung, aber die Augen haben sie sofort gesehen, ohne sich anzustrengen und – ohne sich anzustrengen –, das war es –. Ich lag da und verließ langsam wieder seinen Körper und zog mich in meinen Bauch und meine Brust zurück, ohne ihn zu verlieren. ›Ohne sich anzustrengen‹, dachte ich noch einmal und fuhr langsam zwischen den Muskeln seiner Schulterblätter hinunter. Wirbel für Wirbel ließ ich meine Hand tiefer gleiten bis ich an dem Punkt angekommen war, an dem sich sein Rückgrat mit einer kleinen Bucht zu teilen begann... Die Haut wurde zu einem kleinen flachen Dreieck, und am Ende des Dreiecks begannen sich links und rechts zwei kleine Kurven aufzubauen, zwei weiche, feste Kurven, die zu seiner linken und rechten Po-Backe wurden. Er hat einen so wunderbaren Hintern, dachte ich und streichelte langsam über die eine Rundung und dann über die andere. Und dann griff ich mit der Hand so hin, daß ich beide Hälften spüren konnte. Ich spreizte die Finger ganz weit auseinander und hatte den Daumen und den Zeigefinger auf der einen Hälfte, den Mittelfinger ließ ich in das Tal gleiten, und der Ringfinger und der kleine Finger ruhten sich auf der anderen Seite der Weltkugel aus. Das gehört mir – dachte ich und bewegte die Finger der Hand ganz langsam auf seinem Körper –. Das gehört jetzt mir – dieser Hintern von diesem Mann, der sich nicht anstrengt, gehört mir – mir ganz allein.
Wieso..., fragte ich mich –. Wieso war ich so entspannt und wach zugleich, wieso war ich nicht so angestrengt wie sonst immer. Wieso war es mit diesem Mann so sehr

anders als mit den anderen? Mit den anderen – wie das klingt –. Ich war ja keine – also ich meine – ich war nun doch schon einige Zeit volljährig und hatte erst mit einer Handvoll Männern – ich meine, eine Handvoll – das ist nicht wenig – aber es ist auch nicht so viel – oder –. Ich will mich da jetzt nicht festlegen, und schließlich geht es ja auch um Qualität und nicht um Quantität und – also. Lydia hatte zu der Zeit schon siebzehn, soviel ich weiß, aber – das steht auf einem anderen Blatt. Aber auch diese Handvoll war – wie soll ich es sagen – sie war anstrengend. Ja – sie war anstrengend. Und das Anstrengendste war, daß man ununterbrochen spüren konnte, wie sehr sie sich anstrengten, bei allem, was sie taten.
Ich sage nur Richard.
Richard war wirklich ein netter junger Mann und – da liegt schon das Problem, denke ich. »Ein netter junger Mann.« Wenn einem diese Beschreibung einfällt, kann man eigentlich schon nach Hause gehen und sich mit einer Packung Chips vor den Fernseher setzen. Also nett – ja –, er war ein netter junger Mann. Schon die Tatsache, daß er meiner Mutter gefiel, wäre ein Grund gewesen, gar nicht erst vom Fernseher aufzustehen.
Dabei hatte er alles, alles, was man braucht, um in der U-Bahn aufzufallen. Er trug legere Anzüge, die farblich zu seinem Haar paßten. Locker fallende Bundfaltenhosen und saloppe Hemden mit gestärkten Manschetten. Dezente, aber nicht brave Sakkos und blaue Augen zum blonden Haar. Wenn er lächelte, sah man wirklich sofort, daß er die rechte Hand vom Boß war, und auch

sonst sah er aus wie das Beste im Mann. Er hatte einen sehr guten Job in einer Marketingfirma, und jeden Dienstag und Freitag ging er Tennis spielen. Eine Zeitlang war Landhockey angesagt, aber als ihm der gegnerische Verteidiger einmal einen mit seinem Holzstab über den Ellbogen zog, konnte er zwei Wochen lang sein Funktelefon nicht mehr so locker halten wie gewohnt, und daher kehrte er zum guten alten Tennis zurück. Das war wirklich ein kluger Entschluß – noch dazu, weil die gesamte Führungsschicht seiner Firma Tennis spielte und es daher wirklich keinen Grund gab, sich beim Landhockey von wirklichen Sportlern verprügeln zu lassen. Nicht? Heldentum braucht Publikum, und das war beim Cocktail in der Saftbar des Tennisclubs effizienter versammelt als in den Umkleidekabinen einer Landhokkey-Mannschaft. Nun gut –. Ich nehme an, er wird seinen Weg inzwischen gemacht haben, so sehr, wie er sich angestrengt hat, die Gunst seiner Vorgesetzten zu erreichen. So sehr, wie er sich im Bett mit mir angestrengt hatte – ha, ha – mein Gott, verglichen mit dem, was ich da im Zimmer 231 in der letzten Stunde erlebt hatte, war das alles ja nur ein Fliegenschiß auf der Landkarte des Universums. Das erste Mal mit ihm war sehr lustig –. Eigentlich war es traurig. Aber das ist ja das Lustige am Traurigen, daß es so traurig ist in Wirklichkeit, daß man nur mehr lachen kann. Ja nicht weinen, wenn es zu traurig wird – schon gar nicht im Bett – sonst kommt gleich die Frage: »Ist es gut für dich?!«
Mein Gott – »Ist es gut für dich.« Wer hat ihnen nur diese Frage beigebracht, diese idiotischste aller idioti-

schen Fragen –. »Ist es gut für dich.« Wenn diese Kerle nur einen Funken von Lebendigkeit in sich hätten, würden sie doch spüren, ob es gut ist für mich – oder?! Und selbst, wenn es nicht gut ist für mich – was sollte geschehen, wenn ich antworten würde – »Nein, es ist nicht gut für mich.« Ich bin nämlich kein Tennisplatz, auf dem man Asse schlagen kann, wenn man nur fest genug hindrischt!

Was wäre dann? Wenn man die Wahrheit antworten würde auf die idiotischste aller idiotischen Fragen. Hört man dann zu bumsen auf – ja? – Stößt er dann nur links oben oder nicht ganz so tief – oder nur einmal pro Sekunde anstatt eindreiviertelmal?! Eben – also wozu diese idiotische Frage –. Wenn ich die Weltlage diskutieren will, kann ich zu einer Talkshow gehen. Im Bett will ich so gut und richtig bumsen, wie es in diesem Hotelzimmer geschehen ist, in dem meine Hand langsam mit diesem herrlichen runden Hintern zu verschmelzen begann.

›Ist es gut für dich‹ ist aber nur eine der anstrengenden Stufen auf dem Weg zur Frustration. Die nächste Stufe ist, wenn man bemerkt, wie er sich bemüht, daß es dir zuerst kommt. Irgendwann haben sie ja alle einmal gelesen, daß es wichtig ist, kein Egoist zu sein und sich um den Orgasmus der Frau zu kümmern. Also kümmerte man sich – und wie. Nach jedem fünften Stoß und jedem Stöhnen dieser kleine Seitenblick... Jede Frau, die das erlebt hat, weiß, wovon ich spreche. Diese ununterbrochene Aufmerksamkeit mitten im Bumsen, ob das Plansoll endlich erreicht ist. Richtig bearbeitet kommt man sich dabei vor. Wie ein Stoß Akten, durch den man sich wühlt und der ja auch irgendwann einmal ein Ende nehmen muß, wenn man nur fleißig genug rackert. Und so liegen sie auf dir oder kriechen hinter dir rum oder tun sonst irgend etwas Exotisches und verlieren voller Egoismus nie das Ziel außer Augen, dich zu befriedigen. Das ist nämlich in Wahrheit ihr größter Egoismus – zu beweisen, daß er dich ›geschafft‹ hat. Mama – wie ist das alles komisch. Man kann richtig zusehen, wie ein Oscarleuchten in ihre Augen tritt, wenn man wieder einmal einen Orgasmus vorgespielt hat, damit die Reiberei zu Ende kommt, und er das Gefühl hat, kein Egoist zu sein. – Das ist alles so anstrengend – nicht –, oder ist das nicht fürchterlich anstrengend?! Also für mich war es immer anstrengend, diese Turnübungen zu absolvieren, und – es ist mir schon gekommen – ja, ja – nein, also so schlimm war es wieder nicht –, nur das Ergebnis war zu 87 Prozent meine Leistung, besser gesagt die von Kevin Costner oder von Alec Baldwin, oder sonst jemandem, von dem ich mir einen Phantasiefilm ablaufen ließ, während an mir herumgemacht wurde –. Das muß man schon zur Ehrenrettung sagen, daß es immer eine Summe war zwischen realem Versuch und Eigenphantasie, wie es sein könnte, wenn es nicht so anstrengend wäre.

»Was denkt hinter dieser Stirn?« fragte er plötzlich in die Stille hinein.
«Bitte?«
»Ich möchte so gerne wissen, was hinter dieser schönen Stirn so denkt und denkt und denkt – das ganze Zimmer

dröhnt ja schon davon, aber ich habe mein Übersetzungsbuch nicht bei mir.«
»Ich denke über das Leben nach«, sagte ich und versuchte, seine Augen im Dunkeln zu sehen.
»Ach so – um die kleinen Dinge geht es«, sagte er und richtete sich langsam auf. Er bewegte sich wie ein Kornfeld, über das der Wind streift und – wie bitte kann sich ein Mensch wie ein Kornfeld bewegen, über das der Wind streift! ›Fließend, fließend bewegt es sich, fließend und weich, ohne Kanten und ohne Hast und mit einer einzigen Bewegung, die aussieht, als hätte sie kein Ende und keinen Anfang. Genau so löste er sich von meiner Brust, ohne Ende und ohne Anfang – so sanft, daß ich das Gefühl hatte, ihn immer noch zu spüren, obwohl er jetzt neben mir auf dem Fußboden lag, sein Gesicht auf einen Arm gelegt, und lachte.
»Das Leben«, sagte er, »das Leben ist eine Kette von Prüfungen.«
»Ah ja?«
»Hm, hm.«
»Und was für eine Prüfung war das jetzt...«
»Das war die Prüfung des großen Mutes.«
»Die Prüfung des großen Mutes?«
»Des Mutes zu sagen: Ich liebe dich.«
»...«
»Ich liebe dich.«
»Ich dich auch.«
Ja – so etwas ist möglich. Es ist ganz einfach möglich. Man kann mit einem wildfremden Mann am Boden liegen in irgendeinem Hotelzimmer der Welt, und man

muß sich sagen lassen, daß er einen liebt. Und dann ist es völlig selbstverständlich, ihn auch zu lieben – und es ihm zu sagen. Wie oft geschieht das im Leben – ich weiß es nicht –.

Auf jeden Fall viel zu selten, soviel steht fest. Ich hatte in dieser Nacht überhaupt keine Lust, darüber nachzudenken, was man eigentlich unter dem Begriff Liebe verstehen sollte – ich liebte ihn ganz einfach – ich liebte ihn... ich liebte ihn –. Mein Gesicht, meine Seele, mein Körper, mein Atem, mein Fleisch, mein Blut, mein Gestern, mein Heute und mein Morgen –. Alles in mir liebte diesen Mann, und wenn er jetzt sagen würde – laß uns zusperren und erst in drei Jahren wieder auf die Straße gehen – ich würde es tun. Herrgott nochmal, ich habe es ja getan –. Nein – nicht zugesperrt und drei Jahre lang mein kurzes Kleid im Zimmer 231 am Boden zerfetzt. Nein – aber mit ihm bin ich gegangen – mit ihm – aber das wußte ich in diesem Moment noch nicht –. In diesem Moment, in dem völlig klar war, daß ich ihn liebte.

Er hatte angefangen, das zu sagen – ohne Wenn und Aber, und das ist es, was ich im Leben in Wahrheit suche – kein Wenn und Aber – ha – wenn ich daran denke, wie das mit Johannes war – ich könnte zusammenbrechen vor Lachen.

Johannes – ein Richard in Dunkel mit Squash-Ambitionen. Das Wochenende mit ihm war wirklich bemerkenswert. Er war das, was man den ersten Mann nennt. Also der erste, der plötzlich neben dir im Bett liegt und fragt: »War es gut für dich?«

Ich wollte mit ihm nicht ins Detail gehen, und irgendwie war es doch auch nicht so schlecht gewesen – und – natürlich lag es auch daran, daß man beim ersten Mal ja noch nicht vergleichen kann, und daher denkt man, das muß so sein, daß es nach fünf Minuten vorbei ist und eigentlich weh getan hat. Aber da lag er nun schwer atmend und fragte so sehnsüchtig nach seinem Punktestand, daß ich einfach sagte: »Ich liebe dich.« Ja – ich habe es einfach gesagt, weil ich dachte, dieser Satz erklärt alles und doch auch nichts und müßte ihm eigentlich sagen, daß er anfangen könnte, sich zu entspannen. Fürchterlich, nicht – fürchterlich – wie oft dieser Satz gesagt wird, wenn es eigentlich an der Zeit wäre, über Wesentliches zu sprechen und vielleicht ein paar Wahrheiten beim Namen zu nennen. Nein – man tut es nicht. Man schüttet süßen Kleister über jede Möglichkeit, aus einer verfahrenen Situation herauszusteigen. Und anstatt dem anderen zu sagen, wie es wirklich aussieht im eigenen Herzen und im eigenen Körper, würgt man so ein alles verniedlichendes ›Ich liebe dich‹ hervor und hofft, daß daraufhin wieder Ruhe einkehrt. Die Ruhe kehrt dann auch meistens ein –. Nur ist es in 87 von 100 Fällen die Ruhe eines Friedhofs. Man sollte also diesen Satz wirklich in den kleinen Koffer der großen Wahrheit sperren und nur dann herausholen, wenn es kein Wenn und Aber gibt. Johannes zum Beispiel war überhaupt nicht entspannt nach diesem Satz. So, als wäre ein Skorpion über sein Gesicht gelaufen, richtete er sich auf und sagte: »Wie meinst du das?!«

»Was –«

»Na, wie meinst du das, wenn du sagst, ich liebe dich?«
»Wie soll ich es schon meinen.«
»Na, ich meine, was genau willst du damit sagen – willst du sagen, jetzt im Moment – oder generell – oder denkst du an Heirat–. Mißversteh mich nicht – ich liebe dich natürlich auch – aber eine Heirat kann bei mir einfach nicht in Frage kommen – ich habe meinen Eltern versprochen zu warten, bis ich ganz sicher sein kann – also nein, mißversteh mich nicht, ich bin ganz sicher, daß es gut ist, was wir hier tun, und auch ich schätze dich sehr – als Mensch – und so – aber eine Heirat...«
Mein Gott – dachte ich – was kann man alles anrichten mit drei so dummen Worten... Was für ein Sturzbach an Panik – Kim Basinger erlebt das nie in solchen Momenten – wenn sie sagt: »Ich liebe dich«, und dabei so unendlich schutzsuchend aussieht, nimmt sie Alec oder Sean in die Arme, verströmt bloße Männlichkeit und sagt ganz leise und begütigend – ›Ich dich auch‹.
Jeder weiß – es ist eine Farce – aber es dient doch dem Augenblick, nicht – es ist einfach eine Verabredung unter kultivierten Menschen, die eben ihre Körper miteinander vermischt haben, einander etwas Schönes zu sagen – dachte ich, und habe diesen Satz nach dieser Eisdusche nie wieder gesagt, nie wieder – nicht, weil ich stur geworden wäre oder weil ich die Jungs verletzen wollte – nein – mir ist nur durch diesen verblödeten Redeschwall von Johannes klargeworden, daß das eigentlich die drei heiligsten Worte der Menschheit sind und daß man damit kostbarer umgehen muß als mit Sauerstoffflaschen auf einer Mondstation.

Wahrscheinlich sitzt er jetzt noch mit gekreuzten Beinen im Bett und ist dabei, erstmal die ›Begriffe zu klären‹ – Johannes, meine ich.
Tja... Das Eigenartige an der Sache ist nur, daß ich, seit ich beschlossen hatte, mit diesen drei Worten heilig umzugehen, immer gedrängt worden bin, sie zu sagen. Jeder von meinen anderen Männern hat pausenlos an mir herumgebohrt wie am Hauptsafe von Fort Knox, um an diese drei Worte zu gelangen. Aber es ging nicht. Ich habe es nicht böswillig getan – ich habe es nur nie empfunden, und daher einfach nicht gesagt –. Oh, wie verletzt war dann der männliche Stolz –. Wie gekränkt die Absicht, zur Trophäe des Körpers nicht auch noch den Satz der Sätze gehört zu haben. Eine Zeitlang haben sie es mit Schmeicheleien und Kaufversuchen probiert. Und als sie dann erkennen mußten, daß ich sie wirklich nicht liebte, war ich plötzlich eine Emanzenkuh und frigide. Das soll einer verstehen. – Kann mir einer erklären, was sie eigentlich wollen –. Wenn man seine Wärme hergibt und das Tor aufmacht, fallen sie in Panik und reden von übertriebener Bindungsnähe und Autonomie-Notwendigkeit –. Läßt man es zu, trommeln sie mit Ramm-Bäumen dagegen und können nicht genug Bindungsnähe bekommen. Ich weiß es nicht – wie man es macht, macht man es falsch –. Darum sollte man ganz schnell aufhören, irgend etwas zu machen, und ganz einfach nur tun und sagen und leben, was man will.
Ich wollte in dieser Nacht ›Ja‹ sagen, und ich wollte geliebt werden, und ich wollte sagen: ›Ich liebe dich‹. »Ich liebe dich«, sagte ich zu ihm, »ich liebe dich.«

»Ich liebe dich...«
Er zog mich zu sich und küßte mich mitten in den Satz hinein auf den Mund –. Ich fühlte seine Zunge, wie sie gegen meine Zunge drückte, und dann begann ich an seinen Lippen und an seiner Zunge zu saugen, und dann spürte ich plötzlich, wie er wieder steif wurde in mir –. Ich spürte, wie er größer und größer wurde, und da erst wurde mir klar, daß er die ganze Zeit über in mir drinnen gewesen war und ich ihn immer als ein Teil von mir gefühlt hatte. Jetzt aber wurde er wieder ganz deutlich ein Teil von sich selbst, und ich hatte das Gefühl, daß er noch größer und härter wurde als beim ersten Mal. Ich drehte mich langsam über ihn und setzte mich auf sein Becken. Ganz langsam rollten wir gemeinsam ohne Widerstand in diese Lage, und als ich auf ihm saß, spürte ich, wie groß sein Schwanz in mir war – wie weit ich aufmachte, um ihn hereinzulassen – wie tief er in mich hinein konnte... Ich bewegte mich und ließ mich ganz ganz langsam tiefer und tiefer sinken, weil ich noch nie so sehr gespürt hatte, wieviel Raum in mir sein konnte, wenn mein Körper sich ganz öffnete. Ich spreizte meine Beine so weit ich konnte auseinander und fühlte ihn tief tief drinnen in meinem Bauch zucken und heiß werden. Ich nahm seine Hände und legte sie auf meinen Busen und lehnte mich dagegen und vertraute darauf, daß er mich halten würde –. Seine Hände faßten mich fest und warm an, und meine Brust spannte so sehr, daß es fast ein wenig weh tat. » Genau in diesem Moment bewegte er langsam seine Arme und holte mich zu sich herunter. Es war, als würde er jeden meiner Gedanken lesen – jeden der

Wünsche meines Körpers erfühlen, noch bevor ich es selbst denken konnte. – Immer näher ließ er mich zu seinem Gesicht sinken, bis sein Mund die Spitze meines Busens berühren konnte, und dann küßte er meinen linken Busen und dann den rechten und ließ seine Zunge über die Spitzen gleiten, bis sie ganz weich und feucht und dann fest wurden und die Spannung sich wieder löste. In diesem Moment begann er sein Becken zu bewegen, o mein Gott, so vorsichtig und zärtlich und wie in Zeitlupe, daß ich sofort anfing zu kommen – so als hätte er das gespürt, hörte er wieder auf und blieb still liegen. Ich spürte, wie meine Explosion darauf wartete, in die Schlucht zu stürzen, und wartete atemlos, was geschehen würde. Wie ein riesiger Fels an der Schlucht des Grand Canyons warteten meine Gefühle darauf, ins Tal zu stürzen – aber wir taten nichts, um ihnen zu helfen. Ich wartete... Ich wartete. Und dann nach einer Weile fing ich wieder an, mein Becken gegen seines zu pressen... Ruhig und fest gegen sein Becken zu pressen, bis es nicht mehr tiefer ging. Und in dieser Haltung hielt ich seinen Körper am Boden fest und konnte fühlen, wie er versuchte, noch tiefer – noch tiefer in mich hineinzudringen, und dann fing ich am ganzen Körper an zu zittern... Es begann an der Innenseite meiner Oberschenkel, die auf seiner Hüfte auflagen. Sie fingen wie von selbst an, in sich zu zittern, und dieses Zittern wanderte in meinem Rücken und von dort höher und höher, und dann lief es durch meinen Bauch und um den Nabel herum, und dann hatte ich das Gefühl, daß mein Bauch sich öffnete, und vibrierend fing mein Oberkörper zu zit-

tern an, und die Schultern und die Arme bebten, und mein Mund stand weit offen, und von dem Punkt zwischen meinen Beinen bis zu meinen Lippen und meinen Augen und jedem Teil meines Körpers liefen Millionen kleiner Wellen. Ich spürte, wie auch er anfing zu kommen, und dann lief diese Erregung von ihm durch mich hindurch und riß eine Lawine los, die tausend Stunden dauerte. Ich konnte nicht schreien und richtete mich auf seinem Schwanz auf. – Ganz aufrecht saß ich auf ihm und legte meine Hände auf mein Gesicht, um mich selbst zu spüren in diesem Auseinanderfliegen. Ich hatte das Gefühl, seit zweihundert Jahren den Atem angehalten zu haben, und atmete aus... Noch stärker wurde das Brennen und Vibrieren in mir. Bis in die Lippen rollten die heißen kleinen Wellen, und mit jedem kurzen Atemstoß wurden sie mehr und mehr. Und mehr, und mehr und mehr und mehr –. Er öffnete meine Arme, und dann saß ich auf ihm, und er hob mich mit seinem Becken hoch, und ich breitete die Arme aus und hatte das Gefühl, wegzufliegen in eine dunkel dunkelrote Felswand hinein, in die ich mich verwandelte und glühte. Und...
Mitten in der Nacht wachte ich auf. Ich lag im Bett und in seinen Armen. Ich habe wirklich nicht die geringste Ahnung, wie das vor sich gegangen war. Ich meine, wie wir vom Boden in das Bett gekommen waren und wie wir eingeschlafen waren, und überhaupt hatte ich keine Ahnung. Von nichts in der Welt hatte ich eine Ahnung, außer davon, auf diesen Moment gewartet zu haben, seit ich fühlen kann. Wir lagen auf der Seite, und er schlief tief und fest. Er lag hinter mir, sein Bauch an meinem

Rücken gelehnt und seine Arme um mich herumgefaltet und die Hände ineinander verschränkt. Sein linkes Bein lag über meinem rechten Bein, sein Knie ruhte sich in meiner Kniekehle aus, und sein Kopf war ganz dicht an meinem, so daß ich seinen tiefen ruhigen Atem in meinem Nacken spüren konnte.

Das Bett war herrlich.

Es war breit und weich. Weich, weich, weich, weich. Ich hatte zu dieser Zeit einen *Futon* am Boden bei mir liegen, und der war überhaupt nicht weich. Es war die Zeit, in der man so ein Ding einfach haben mußte, um mitreden zu können. Das schauderhafte an den Dingern ist nur, daß man sie jeden Tag oder zumindest zweimal die Woche wenden und kneten müßte, um die Füllung wieder aufzulockern. – Aber wer tut das schon. Noch dazu, wenn man ein allein lebendes Mädchen ist wie ich und diese Ungeheuer einfach sauschwer sind. Sie sind wirklich zu schwer, um sie elegant zu heben und zu kneten –. Und wenn man es doch einmal versucht, bricht man sich die Fingernägel ab. – Also, was tut man? – Man läßt ihn einfach liegen und schläft tagein, tagaus auf dem ungeschüttelten japanischen Matratzenmonster, bis sich kleine Krater bilden, wo das Becken liegt, die nie wieder rausgehen. Weil es ja so gesund ist, so ein Ding, und keine Metallsprungfedern eingebaut hat wie in diese ekligen westlichen Schlafgeräte. Metallfedern, die ja bekanntlich die Biosphäre zerstören und den Untergang des Abendlandes noch mehr beschleunigen werden.

Ach, wie herrlich war es, in dieser Nacht unterzugehen.

Ich hätte das gesamte Abendland umarmen können für

die Erfindung von metallenen Sprungfedern der Marke Extraweich, die offensichtlich in dieses Bett eingebaut waren. Ich versank in der Matratze und in seinen Armen und war glücklich.
Sein Geruch war so beruhigend. Es war ein ganz seltsamer Geruch. Zuvor am Boden war es das Aufregendste, was ich in meinem Leben jemals gerochen hatte. Leute, die im indischen Dschungel den Angriff eines Tigers überlebt hatten, berichten, daß sie eine Welle von starkem süßen Duft gespürt haben, zwei Sekunden, bevor der Tiger auf sie losgesprungen sei. – Toll, nicht –. Ich kenne das Gefühl seit ein paar Stunden, dachte ich, und das ohne Lebensgefahr im indischen Dschungel.
Ich finde das sehr freundlich von der Natur –. Diejenigen, die das nicht überlebt haben, diesen Moment – die hatten wenigstens einen letzten starken Duft von Kraft und Lebendigkeit um sich... Aber, wie gesagt, die Düfte, die noch zuvor so erregend waren, beruhigten mich jetzt. Bis hinunter zu meinen Zehen, die völlig warm und prickelnd vor Entspannung nur ans Schlafen dachten. Ich bewegte mich ein wenig, und die frische Bettwäsche gab leise Töne von sich. Weiche raschelnde Töne von Hineindrücken und Ausatmen. Es war weiße Bettwäsche, und die Decke war dick wie eine Wolke und federleicht. Nie wieder ausländische Betten, dachte ich und wollte die Zeit anhalten. Das ging aber nicht, weil ich jetzt auf die Toilette mußte. Ich löste meine Finger aus seinen Händen, zog meine Beine nach vorne, schob meinen Rücken von seinem Bauch weg und glitt so langsam aus dem Bett, daß es nicht einmal die Decke bemerkte.

»Hm, hm...«, machte er, und ich sah ihn an. Nein, er war nicht aufgewacht. Es war ein Naturgeräusch, so wie es junge Katzen von sich geben, wenn sie im Korb durcheinander liegen und eine einzige Schlaftemperatur haben. Wenn man eine heraushebt, bewegt sich kurz der ganze Inhalt dieses Korbes, und fünf Katzenkinder sagen irgend etwas und strecken sich kurz, um gleich darauf weiterzuträumen, ohne jemals aufgewacht zu sein. Mein kleiner Kater machte »Hm, hm...«, streckte ein Bein, drehte den Kopf noch tiefer in das Kissen und schlief weiter.

Ich wanderte ins Badezimmer und setzte mich auf die Toilette. Das Licht schaltete ich nicht ein, weil ich meinen Augen diese elektrische Schockbehandlung ersparen wollte. Dann saß ich da und dachte nach.

Was gab es eigentlich nachzudenken –. Wozu nachdenken –. Einfach dasein sollte doch genügen – oder? Seltsam, wie der Mensch gebaut ist. Ich saß da und dachte an morgen... Wie es wohl weitergehen würde... Ob dumme Sätze fallen würden oder ein »Man-sieht-sich« das letzte Echo dieser Nacht sein würde.

»Warum diese Ängste, Linda –?« sagte mein Schutzengel und legte seinen Flügel um mich.

»Ich wußte nicht, daß du auch auf die Toilette gehst«, sagte ich zu ihm, und er antwortete völlig logisch – »Wo du hingehst, da bin auch ich zu finden...«.

»Na gut, aber warum sollte ich keine Angst haben – vielleicht ist er morgen über alle Berge.«

»Na und?« fragte mein ewiger Begleiter erstaunt und schimmerte golden wie selten.

»Ja, aber dann sterbe ich vor Sehnsucht«, sagte ich und war ein wenig empört, meinen Engel so lachen zu sehen.
»Gut – dann stirb nur vor Sehnsucht«, sagte er und hörte nicht auf zu lachen.
»Das findest du lustig?!«
»Natürlich, mein Kind«, sagte er wieder etwas gefaßter.
»Weil man nicht daran stirbt, wenn man endlich begonnen hat zu leben –.«
»Aber –.«
»Das einzige, wovor du Angst hast, ist, daß du jetzt weißt, wie sehr du am Leben sein kannst – das ist natürlich eine beängstigende Herausforderung, sich nie mehr mit weniger zufriedenzugeben...«
Er lachte wieder so sehr, daß seine Flügel zitterten, er wurde durchsichtig und für meine Augen wieder unsichtbar.
Das ist es, was mich manchmal an seiner Präsenz etwas irritiert –. Der Umstand, daß er mich ununterbrochen beobachtet – ich ihn aber nur dann sehen kann, wenn ihm danach zumute ist. Na gut – wahrscheinlich ist das eines seiner Privilegien, und ich sollte wahrscheinlich aufhören, mir über himmlische Eigenarten den Kopf zu zerbrechen. Aber sichtbar oder nicht – wieder einmal hatte er das Problem auf den Punkt gebracht. Wie sollte ich nach dieser Nacht jemals wieder mit einem Richard oder Johannes durch die Untiefen der Normalität irren? Das geht ganz einfach nicht – dachte ich, und betätigte die Spülung. Auch dieses Ding war natürlich anders als in normalen Menschenhotels, es machte nämlich fast

keinen Lärm. Irgendwie hatten die das so in die Wand eingebaut, höchstwahrscheinlich mit Styropor unterblendet, daß man einfach nichts mehr hörte. Nun gut –. Aber das war ein zweitrangiges Problem angesichts der Tatsache, daß dieser Mann in diesem weichen Bett da drüben vielleicht schon morgen aus meinem Leben wieder verschwunden sein konnte. Das will ich nicht – bitte hilf mir, mein lieber Schutzengel – ich will es nicht... Ich lauschte auf seine Antwort und glaubte, ein leises Lachen zu hören. Na gut – man soll nichts erzwingen wollen, dachte ich und wanderte zum Fenster, um hinauszuschauen.

Am Horizont begann schon ein erster dunkelgelber Streifen heller zu werden, und als ich einen Lieferwagen einer Bäckerei um die Ecke biegen sah, beschloß ich, daß der heutige Tag für sich selbst sorgen werde, und legte mich wieder zu ihm ins Bett.

So aufwachen...

So aufwachen möchte ich für den Rest meines Lebens, dachte ich, als mein Kopf langsam wieder anfing zu denken. Die Sonne stand schon über den gegenüberliegenden Dächern und legte breite Streifen durch das Zimmer, quer über unseren Fußboden, die Bettdecken und das Gesicht meines Geliebten – gelbe Bahnen voller Wärme und Zärtlichkeit.

Meine Wangen spürten die Strahlen meines Lieblingssternes auf der einen Seite und auf der anderen die Hitze dieses Mannes, der wie ein Meteorit nach dem Einschlag neben mir im Bett lag und glühte und glühte. Ich legte meine Hand auf seine Brust und fühlte sein Herz schlagen. Langsam drehte er seinen Kopf zu mir und begann zu lächeln. Er hatte seine Augen immer noch geschlossen und sagte leise: »Guten Morgen – du schönste aller Frauen«... Omar Sharif, dachte ich, als er diesen Satz sagte – obwohl er überhaupt nicht wie Omar Sharif aussah – nein, er sah eher aus wie... wie... wie... Auf jeden Fall nicht wie Omar Sharif. – Aber dieser Satz... Dieser Satz hätte von Omar gesagt sein können.

»Guten Morgen – du schönste aller Frauen...«

Ich sehe das dunkle Gewand vor mir, das Omar im Film

Lawrence von Arabien getragen hat, und diese unwahrscheinlich glühenden Augen, in denen die Glut aller Mittagssonnenhitzen der Welt lodert –.

»Du schönste aller Frauen...«

Ich wollte ihm nicht widersprechen –. Wie konnte ich ihm widersprechen... Er hatte ja so recht... Bescheidenheit – wo bist du – nein – falsch, ganz falsch. Es geht nicht um Bescheidenheit. Es geht darum, daß ich mich wirklich wie die einzige Frau auf diesem Planeten fühlte. Und die einzige Frau auf einem Planeten ist logischerweise auch die schönste Frau, oder? Eine herrliche Ausrede dafür, sich einfach himmlisch zu fühlen –. Himmlisch, herrlich, himmlisch, himmlisch hoch jauchzend und zu Tode verliebt –.

»Guten Morgen – du wunderbarster aller Männer«, antwortete ich und küßte seine Brust. Er lachte –. Er hatte die Augen immer noch geschlossen und lachte... Wie ein kleiner Junge sieht er aus, dachte ich –. Wie ein kleiner Junge, dem es gelungen ist, am Bach ein Mühlrad zu bauen, und der es kaum glauben kann, daß es sich wirklich dreht...

»Hast du einmal an einem Bach ein Mühlrad gebaut?« fragte ich. Und da mußte er noch mehr lachen und öffnete die Augen und sah mich an.

»Ja, mein Engel – ich habe einmal ein Mühlrad gebaut – woher weißt du das?«

»Ich bin eine Frau.«

»Und das bedeutet?«

»Wir wissen so manches Verborgene.«

»Donnerwetter.«

»Ja.«
»Und was weißt du noch?«
Was weißt du noch – fragte er und sah mich an wie ein überfüllter Kindergarten, der dem Zauberer zuschaut, der beim Sommerfest Zuckerstangen aus einem Zylinder zaubert. Ja – was wußte ich noch... Das ist nicht zu beantworten, diese Frage – ich wußte alles und konnte es nicht sagen. Ich wußte, daß mein Leben, wie es bis gestern funktioniert hatte, nicht mehr weiterfunktionieren konnte, daß sich mein Mühlrad so nicht mehr weiterdrehen konnte, wie es sich bisher gedreht hatte. Ich lag auf dem Bauch, hatte mein Kinn auf seine Brust gelegt und sah ihn an. »Sonst weiß ich leider nichts«, sagte ich und zuckte mit den Schultern.
»Das ist ein guter Anfang.«
»Findest du?«
»Ja – nur dort, wo nichts ist, kann etwas wachsen.«
»Ich liebe dich...«
Er sah mich an – peng –. Jetzt hatte ich wahrscheinlich alles kaputt gemacht – nicht. Mit diesem blöden Satz, der vielleicht um zwei Uhr früh paßt, wenn man eben dabei ist, sich den Rücken am Fußboden aufzureiben, aber jetzt... bei Tageslicht... in einem hellerleuchteten Hotelbett, das schon tausendundeinem anderen Menschen als Durchgangsstation gedient hat... Jetzt so einen Satz zu sagen, ist ungefähr so sinnvoll, als hätte Captain Bligh Fletcher Christian gebeten, die Meuterei auf der Bounty noch einmal zu verschieben. Ich drehte meinen Kopf zur Seite und biß mir auf die Lippen –. Warum kann man die Platte nicht zurückdrehen, dachte ich –. Nur zwei

Minuten. Und wir fangen wieder beim Mühlrad an und lassen den Blödsinn mit –

»Ich dich auch...«

Das konnte nur eine Sinnestäuschung sein –. Wer hatte diesen Satz gesagt –. »Ich dich auch...«

Wahrscheinlich eine meiner Wunschprojektionen – eine Fata Morgana – passend zu seinem Omar-Sharif-Bild, das er mir –.

»Ich dich auch...«

Jetzt hatte er es ein zweites Mal gesagt –. Also doch kein Irrtum... Also doch eine Verlängerung der Sonnenstrahlen, die den Raum wärmer und wärmer machten. Ich drehte mein Gesicht wieder zu ihm und sah ihn an.

»Ja?« fragte ich. –

»Ja«, sagte er.

»Na gut, dann können wir ja Frühstücken gehen –«, lachte ich und war erleichtert, daß mir diese Wendung eingefallen war, die dem Augenblick wieder die Leichtigkeit gab, die er haben sollte. Seltsam, nicht? – Ab einem gewissen Punkt der Innigkeit – der ausgesprochenen Innigkeit, droht die Situation plötzlich zu schwer zu werden. Ich glaube, das geschieht immer dann, wenn das Leben stehenbleibt, wenn durch irgendeine zu große Bedeutsamkeit oder ein zu heftiges Wissenwollen die Abfolge der Lebensbilder gebremst wird. – Dann bleibt alles stecken und wird schwer – und das soll es nicht. Es ist auch eine Frage des Moments, in dem man die Bilder anhält. ... Um Mitternacht – oder besser noch um halb drei Uhr in der Frühe, denke ich, paßt es –. Da verlangt das Leben geradezu danach, angehalten zu werden –. Es verlangt danach, plötzlich gebremst zu werden durch das Aussprechen der tiefsten Wahrheit. Ich denke, das ist der Sinn der Nacht. Die Nacht ist eine Dunkelkammer, in der sich, beschützt vor zu hellem Licht, die wahren Konturen der Ereignisse entfalten. Nur in der Dunkelheit können die Elfen ihre Schleier ausbreiten und tanzen, und dann ist es richtig zu sagen: »Ich liebe dich –« und sich gegenseitig auf den Seelengrund zu folgen nach diesem Satz und dort vier Ewigkeiten lang zu verharren.

Das Echo jedes Wortes ist in der Nacht verwurzelt –. Verwurzelt in einem tiefen heißen Grund, der keinen anderen Sinn hat, als den flüchtigen Tagesbildern als Wellenbrecher zu dienen. In der Nacht ist man ja auch von so vielen Träumen umgeben. All die Menschen, die am Tag Pingpong spielen mit ihren Kräften und Wünschen und ihrem Willen – verlassen diesen Spielplatz und schicken ihre Seele auf Reisen in das Land, aus dem am Tag kein Wanderer wiederkehrt... Und alle diese wandernden Märchen und Erkenntnisse, die in der Nacht von all den Schlafenden gesammelt werden, umgeben diejenigen, die noch wach geblieben sind und den Mond auf seiner Bahn verfolgen. In dieser Lebensstille blüht die Traummusik, und diese Musik besteht fast nur aus einem Echo. Ein Echo auf jeden Wunsch, der kaum gedacht worden ist –. Das sind unsere Träume in Wahrheit. Nur in diesen Momenten bekommt der Satz ›ich liebe dich‹ ein Echo, das ein Leben lang anhalten könnte, wenn man nicht wieder wach werden müßte und eine andere Zeit zu betreten hätte. Die andere Zeit, die von den schnellen Strahlen der Sonne vorangetrieben wird, die so ganz anders sind als die langsamen Strahlen des Mondes. Die Strahlen des Mondes sind Erinnerungsstrahlen. Jeder Strahl, der vom Mond auf die Erde fällt, ist die Erinnerung, daß er von der Sonne kommt. Er wird langsamer und schickt auf seinem Weg die Schatten mit auf die Erde, die er auf dem Mond gefunden hat. Und diese Strahlen zeigen uns auch die Schatten im Leben eines anderen Menschen. Ein isländisches Märchen sagt, daß wenn ein junger Mann das Gesicht seines Mädchens bei Mondlicht erträgt – er es ein Leben lang erträgt – weil er nämlich die Wahrheit ihrer Nacht ertragen hat... So ist das mit den Himmelskörpern – und der Zeit, und der Nacht, und dem Tag... Ich habe sein Gesicht im Mondlicht ertragen und habe –. Aber jetzt ist es Tag und alles läuft wieder, wie man es gewohnt ist, und darum sollte ich nicht hängenbleiben in diesen Stimmungen, sondern der Zeit die Sporen geben und sagen: »Wer geht zuerst ins Bad?!«

Er nahm meinen Kopf in beide Hände, küßte mich und stand auf.

»Genieß noch das Bett...«, sagte er und wanderte nackt durch das Zimmer. – Jesus – was für ein Rücken... Das nenne ich gute Erziehung –. »Jesus, was für ein Rükken...« –. Dabei wollte ich sagen: »Jesus, was für ein Hintern!«

Er hatte eine Wahnsinnsfigur –. Ganz schlicht und einfach eine Wahnsinnsfigur... Jetzt war es ja das erste Mal, daß ich ihn ohne Kleider sehen konnte und noch dazu aus der Distanz und noch dazu bei Sonnenlicht und noch dazu –. Er war richtig... Ein besseres Wort fällt mir nicht ein als ›richtig‹ –. Alles war im richtigen Verhältnis... Er hatte breite Schultern, die oben an den Armen rund waren wie von einem Mann, der hier und da schwere Lasten trägt – aber nicht zu schwer – und wirklich nur hier und da, so daß es nicht zu diesen gräßlichen Muskelmonstern kommt, hinter denen so viele ihre Jämmerlichkeit verstecken. Nein – seine Schultern waren rund und fest, und sein Rücken war breit und wurde zur Taille hin schmaler, und kurz über den Hüftknochen war die Andeutung einer Rundung zu sehen... Die Andeutung – sage ich. So wie bei den alten Statuen, die unter dem Nabel rund um den Körper eine kleine Welle haben. Das ist kein Bauch – das ist auch kein... Es ist einfach richtig, daß diese Welle da ist –. Das ist so wie bei der Frau der Busen –. Man schaut gerne hin und würde sich ärgern, wenn da nichts wäre –. Gar nichts wäre, meine ich –. Weniger als ein –. Gut, also er hatte diese leichte Wölbung, und sein Hintern war braun wie... wie – nahtlos eben –. Er war nahtlos leicht gedunkelt, aber nicht – wie soll ich sagen – es gibt so eine Art Cappuccino in Italien, der hat unter der Milchschaumschicht so eine goldbraune Farbe, die etwas dunkler ist als normaler Milchkaffee, aber wiederum sonniger als – ich schaffe es nicht –. Es geht nicht... Wie soll ich seine Haut beschreiben, wenn ich – halt – so geht es... Vielleicht –. Sie hatte Sonnenuntergangsfarbe... Ich meine diese Art von Farbe, die zu leuchten beginnt, wenn die Sonne genau zur Hälfte untergegangen ist. Ja – das ist es –. Und wer weiß, wovon ich spreche, der weiß, wovon ich spre-

che... Es leuchtet –. Dieses warme Sonnenbraun leuchtet im Gegensatz zu diesem braunen Hautton, der das Licht schluckt – etwas zu dunkel ist und bei dem man beim genauen Hinsehen immer das Gefühl hat, daß ein ganz dünner Film darüber liegt. Ein ganz dünner, fast grauer Film... Nun gut –. Bei ihm war es eben das Sonnenuntergangsbraun, das sich über seinen ganzen Rükken zog und das bis zu seinen Füßen reichte.
Rücken, Po, Bein, Füße –. Alles war von dieser herrlichen Farbe überschüttet und strahlte Wärme aus –. Und dieser Hintern –.
»Ich spüre das –« rief er, als er durch die Türe im Badezimmer verschwand. –
»Was denn – was spürst du –«, fragte ich scheinheilig und wußte genau, was er meinte.
»Es gibt sogar ausführliche wissenschaftliche Abhandlungen darüber –«.
»Worüber?«
»Sie haben mit Kirlian-Fotografie festgestellt, daß aus den Augen der Menschen Strahlen herauskommen, die auf das Objekt fallen, das ihre Augen eben betrachten.«
»Willst du damit sagen, daß du mein Objekt bist –«, rief ich und fühlte mich zutiefst ertappt.
»Ja, natürlich, was denn sonst.«
»Aha.«
»Was heißt Aha?«
»Aha heißt – jetzt weiß ich, wie du dich einschätzt.«
Ich hörte ihn lachen. »Der Fliegende Holländer hat gelernt, sich selbst einzuschätzen.«

»Willst du sagen, daß du der Fliegende Holländer bist?«
»Ja, natürlich – und alle sieben Jahre suche ich eine Frau, die bereit ist, mit mir auf mein Schiff zu steigen und in den ewigen Weiten des Weltraumes zu verschwinden...!«
»Aha.«
»Ja«... Ich lag da und blickte vor mich hin. Wieviel Wahrheit steckt in den alten Märchen – dachte ich. Vielleicht ist er wirklich der Fliegende Holländer und hat nur sein Äußeres unserer Zeit angepaßt, um nicht aufzufallen in den Straßencafés und im Kino – sonst würde ihm ja keiner eine Karte verkaufen und –. »Wo ist denn deine Mannschaft?« fragte ich, weil ich es jetzt genau wissen wollte.
»Meine Mannschaft?!«
»Ja – dein Riesensegelschiff braucht doch eine Riesenmannschaft, die mit erlöst werden muß.«
»Ach so – meine Mannschaft... Ja, die Mannschaft – also meine Mannschaft wartet auf dem Schiff auf mich – natürlicherweise.«
»Und wo liegt dein Schiff?«
»Mein Schiff liegt nicht – es schwebt.«
»Es schwebt?!«
»Ja, natürlich – es ist ja ein Geisterschiff.«
Das war wieder einmal völlig richtig, was er sagte. Sein Schiff war ein Geisterschiff und daher war kaum anzunehmen, daß es mitten in der Stadt irgendwo am Ufer so vor sich hin dümpelte und zur Touristenattraktion wurde.

»Und wo genau schwebt es?« fragte ich und wollte ihn mit dieser Frage in die Enge treiben.
»Das kannst du nur sehen, wenn der Mond scheint«, sagte er. »Nur wenn das Mondlicht auf die treibenden Wolkenbänke fällt, siehst du mein Schiff, das dort seine Anker geworfen hat und darauf wartet, daß ich die Frau auf Erden finde, die mich erlösen will und mit mir geht, wohin der Wind der Ewigkeit uns treibt...«
»Bitte, wohin?«
»Wohin der Wind der Ewigkeit uns treibt...«
Jetzt blieb es still im Zimmer. Ich hatte keine freche Frage mehr auf Lager und stellte mir statt dessen vor, wie sein Segelschiff mit den allseits bekannten blutroten Segeln im Vollmond als Silhouette erkennbar über der Stadt hing und die Besatzung schwermütige Lieder anstimmte und auf die Rückkehr ihres Kapitäns wartete.
»Trotzdem brauche ich jetzt einen Kaffee«, sagte er und kam aus dem Bad zurück. Er hatte geduscht und ein weißes Handtuch um die Hüften geschlungen. Er hatte ein Handtuch um die Hüften, und auch das machte er richtig. Es gibt nur eine einzige Art, ein Handtuch um die Hüften zu schlagen. Es muß so tief gebunden sein, daß man immer noch den Nabel sieht, und gleichzeitig muß es den Blick auf die Knie freigeben. Alles andere ist Schwachsinn. Sieht so blöd aus wie Viktor Mature in den alten Hollywoodschinken, in denen er Römer spielt mit nacktem Oberkörper und schon so verfettet ist, daß er sein Römerröckchen mit dem Gürtel über den Bauchnabel ziehen muß. Dadurch glaubt er, daß er nicht blöd aussieht –. Sieht aber viel blöder aus, als wenn er sein

Römerröckchen unter dem Bauchnabel tragen würde, so daß jeder sehen kann, daß er eben einen kleinen Bauch hat. Das ist ja das Geheimnis von Eleganz und Würde – daß man erst gar nicht versucht, etwas zu verbergen, von dem ohnehin jeder sieht, daß es da ist und das durch das Verbergenwollen nur noch größer wird. Aber wem sage ich das –. Leider war ich damals noch nicht auf der Welt, sonst hätte ich Viktors Römerröckchen in die Hand genommen und kurzentschlossen tiefer gezogen. Nicht so mein Held –. Mit der selbstverständlichsten Natürlichkeit der Welt lag sein Tuch richtig um seine Hüften, und sein Haar war noch naß von der Dusche, und auf seiner Brust und seinen Armen rollten noch kleine Tropfen wie silberne Perlen –.

»Na – liegen wir gut und warm und sicher...«

»Ja, das tun wir.«

»Den wievielten haben wir heute.«

Ich dachte kurz nach. »Es ist der 20. August.«

»Der 20. August«, sagte er und setzte sich aufs Bett. »Linda, hör mir jetzt genau zu.«

»Ja, bitte.«

»Es ist der 20. August.«

»Es ist der 20. August.«

»Hast du gehört, was ich sage?«

»Ja – es ist der 20. August.«

»Es ist der 20. August – bist du bereit?«

»Hurra, Frühstück!«

»Ja, Frühstück... Bist du bereit?«

»Am 20. August bin ich zu allem bereit!« rief ich und rollte mich zu ihm, küßte ihn und sprang aus dem Bett.

Ja, ja, natürlich spürte auch ich jetzt die Strahlen, die aus seinen Augen kamen und über meinen Rücken streiften – sie fühlten sich an wie warmes Nerzfell, das – nein, ich besitze keinen Nerzfellmantel, natürlich nicht – aber meine Großmutter hatte so ein Unding, und ich weiß noch genau, wie das war, wenn sie uns am Weihnachtstag besuchte und diesen weichen, warmen, zauberhaften dunklen Mantel anhatte.

»Wenn du groß bist, darfst du auch so einen Mantel haben«, hatte sie immer gesagt – und jetzt bin ich groß und trage mit Styroporkügelchen gefüllte Bettdecken im Winter. Alles können sie künstlich herstellen – sogar künstliche Diamanten im Weltall –. Warum bitte keinen Kunstpelz, der sich anfühlt wie Großmutters Weihnachtstag-Pelz? Warum nicht, bitte?!

Nein – ich will keine traurigen Tieraugen sehen, die mir nachrufen: »Wie hätten Sie denn gern Ihren Pelz –« Aber angenehm sind diese Dinger doch, das muß man einfach zugeben. Und je mehr man es zugibt, um so edelmütiger ist es, auf diesen Gipfel des Wohlbehagens zu verzichten. Einmal noch sechs Jahre alt sein und unschuldig den ganzen Tag über Kekse mampfen und dabei Großmutters Mantel tragen –. Das wäre einer der drei Wünsche, die ich der Fee mitgeben würde – falls sie erscheint. Sexy sind diese Dinger auch... Mann-o-Mann – ich kann dir sagen – ich glaube, das machen die Millionen von weichen Stichen, die in die Haut eindringen und jede Pore einzeln liebkosen. Ich habe einmal – soll ich mich schämen – Blödsinn – jetzt ist schon so vieles gesagt... Jetzt gibt es kein Zurück mehr –.

Ich habe einmal Sex nach Klischee gemacht –.
Ja, mein Gott – was ist – stürzt die Welt jetzt zusammen – nein. Na also –. Im übrigen macht man ja neunzig Prozent Sex nach Klischee. Zu neunzig Prozent macht man es so, wie man es schon einmal gemacht hat und wie es gut war. Und weil man kein Risiko eingehen will, macht man es so ähnlich wie möglich – also nach Klischee. Oder man probiert Dinge aus, die man in Filmen gesehen hat oder in Heften. ... Ich meine die Hefte, die bei den Männern immer in der zweiten Schublade unter den Hemden liegen oder bei den Mutigen mitten auf dem Couchtisch, so daß man sich beim Tee die ganze Zeit über fragen muß, wieso diese Strapsmäuse ununterbrochen die Kinnlade von ihrem rotgeschminkten Mäulchen herunterhängen lassen, so als wollten sie der ganzen Welt einen blasen. Weil sie der ganzen Welt einen blasen wollen – ist die Antwort –. Zumindest soll es den Eindruck erwecken, daß diese Püppchen der ganzen Welt einen blasen wollen. Hurra!!!
Einmal habe ich dieses Spiel mitgespielt – was heißt gespielt... Na gut –. Aber einmal war das erste Mal, und dieses erste Mal war das letzte Mal –. Das letzte Mal, daß ich einen Nerzmantel getragen habe, meine ich – dabei – richtig – den von meiner Großmutter – das Erbstück.
Es war an einem kalten Tag im Februar... Es war sehr kalt, weil der Wind so von unten – nein – schön ordentlich der Reihe nach...
Also, ich hatte in diesem Winter einen Mann kennengelernt. Einen Studenten so wie ich – vielleicht fünf Jahre

älter, und der wohnte mit einem Freund gemeinsam in einer großen Wohnung unter dem Dach mit offenem Kamin... Offener Kamin – der Inbegriff der Sünde für kleine Mädchen vom Lande... Egal – natürlich konnte sich keiner von beiden diese Wohnung leisten, sondern sie steckten die Hälfte von ihrem Studentengeld, das sie von ihren Eltern bekamen, in die Finanzierung dieser Bude. Also, wie gesagt –. Ich lernte einen der beiden kennen – Peter hieß er, und wir trafen uns zwei Wochen, drei Wochen, vier Wochen, gingen Essen und ins Kino und ins Kino und Essen und Essen... und nie passierte etwas. Nichts. –

Kein heißer Blick – kein langer Händedruck beim Kuß an der Haustüre – nichts –. Der ist schwul, dachte ich mir nach einem Monat der Geschwisterliebe und beschloß, der Sache auf den Grund zu gehen. Nach dem siebzehnten Kinobesuch sagte ich zu Peter: »Heute bringe ich dich nach Hause.«

»Wenn du möchtest«, antwortete er und zuckte nicht zusammen.

Was geht hier vor – dachte ich – als ich mit dem kleinen Zwei-Personen-Lift ins Dachgeschoß fuhr. Die Wohnung war sparsam möbliert – das heißt, es gab nur einen Tisch mit vier Stühlen, ein paar Kissen am Boden und vor dem brennenden Kaminfeuer und in je einem Zimmer ein Bett. Zumindest nach außen sieht es nicht so aus, als würden sie gemeinsam in einem Zimmer übernachten, dachte ich, als ich Andreas kennenlernte, den Freund meines Freundes. Ein guter Freund, muß ich sagen –. Ein wirklich guter, weil er mir nach einem kurzen

Händedruck keine weitere Aufmerksamkeit schenkte, sondern sich wieder vor den Kamin legte, um weiter zu lesen.
»Was liest du denn da?« fragte ich, während Peter in der Küche Mineralwasser öffnete.
»Ach, nichts Besonderes – nur so ein paar Hefte.«
Ich griff zu dem Stoß von Heften, die um den Kamin herumlagen und erkannte, warum er der Frau in Fleisch und Blut, die durch mich in das Zimmer getreten war, keine Beachtung schenkte. Weiße Strümpfe, schwarze Tangas, hohe rote Stöckelschuhe – Netzstrümpfe... Eine richtige Speisekarte für kleine Buben lag da um ihn herum, durch die er hindurchblätterte, als wäre es das Uninteressanteste auf der Welt.
»Ein Glas Wasser«, sagte Peter und setzte sich zu uns auf den Boden.
»Ja, danke«, sagte ich, und langsam wurde es mir und meinen abenteuerlustigen neunzehn Jahren, die ich damals war, zu ruhig und fast unheimlich teilnahmslos.
»Gefällt euch so was?« fragte ich und tippte auf eine blonde Bombe mit weitgeöffnetem Pelzmantel, die auf einem Motorrad saß und mit ihren Stöckelschuhen versuchte, die Zündung in Gang zu setzen.
»Na klar«, sagte Peter und nahm das Heft und begann zu blättern. Irgend etwas stimmt nicht mit den heutigen Männern, dachte ich –. Vielleicht haben sie zu wenig Filme mit Clark Gable gesehen, um zu wissen, wie man sich benehmen soll, wenn eine junge Frau vor dem flakkernden Kaminfeuer sitzt und darauf wartet, daß der beste Freund endlich in sein Zimmer geht, damit der an-

dere, wegen dem sie eigentlich hier sitzt, sich zu ihr beugen und flüstern kann: »Noch Champagner – mein Kleines.«
»Habt ihr keinen Champagner –«, fragte ich, und dann hoben sie erstaunt ihre Köpfe von ihrer Lektüre und sagten im Chor: »Nein, wieso.« Ich sah die beiden kurz an und gab mir einen Ruck –. Das war das Alter, in dem man sich noch einen Ruck gibt – und dann stand ich auf und ging zur Türe und sagte: »Ich bin in einer halben Stunde wieder da.«
Ich fuhr nach Hause, ging zum Kleiderschrank und holte den Nerzmantel meiner Großmutter hervor, der seit ihrem Tod dort hing und auf irgend etwas gewartet hatte. Ich zog meine Bluejeans aus, meinen Pullover, mein T-Shirt und sagte in die Stille meiner Wohnung hinein: »Das wollen wir doch einmal sehen – das wollen wir doch sehen.« Dabei zog ich schwarze Strümpfe und Strapse an, meinen kleinsten schwarzen BH, keinen Slip und die höchsten Stöckelschuhe, die Gott je entworfen hatte. Dann wickelte ich mich in Großmutters bodenlangen Nerz, nahm die Flasche Champagner, die mir mein Vater zu Weihnachten geschenkt hatte, aus dem Kühlschrank, rief ein Taxi und stand genau eine halbe Stunde später wieder vor dem flackernden Kaminfeuer.
»Das ging aber schnell«, sagte Peter und holte staunend drei Wassergläser, in die wir den Champagner rinnen ließen.
»Was feiern wir denn?« fragte Andreas und verschluckte sich am lauwarmen Champagner, als ich auf drei Kissen liegend langsam meinen Mantel öffnete und leise sagte:

»Wir wollen den Sieg der Gegenwart über die Fotografie feiern...«
Ein starkes Stück – ich gebe es zu. Und heute würde ich so etwas im Traum nicht mehr tun. Aber damals – mein Gott – damals –. Auch diesen unglaublichen Satz hatte ich nicht im Moment geboren, sondern im Taxi geübt bis ich ihn sagen konnte ohne zu stottern. Und mit dem letzten Wort hob ich filmreif mein Glas an meine korallrot geschminkten Lippen und trank es leer bis auf den Grund.
»Wollt ihr es euch nicht gemütlich machen –«, sagte ich, und kam aus dem Staunen nicht mehr heraus –. War das ich – war das wirklich ich – die kleine neunzehnjährige Linda, die vor einem niederbrennenden Feuer am Boden lag und plötzlich einen jungen Mann zwischen ihren Beinen knien hatte, der seine Hose bis zu den Knöcheln heruntergeschoben hatte und schon in mir drinnen steckte, bevor ich das Glas abstellen konnte...
Es ging plötzlich alles so schnell und jung und wild, daß ich mir ganz sicher war, daß die beiden wirklich in getrennten Betten schliefen, wenn ich nicht bei ihnen war. Andreas lag halb über mir und hielt meine Beine so weit er konnte auseinander und schob sich wie ein hungriger Wolf in mich, während Peter neben meinem Kopf kniete, mich küßte und dabei sein Hemd und seine Hose auszog. Er schaffte es tatsächlich, seinen Mund nicht von meinen Lippen zu nehmen, während er sich die Kleider vom Leib holte, und dann legte er meinen Kopf auf seinen Oberschenkel, und ich nahm seinen Schwanz in den Mund und lutschte ihn, während ich spürte, daß An-

dreas zum ersten Mal fertig geworden war –. Er lag eine Weile erschöpft auf mir – dann kroch er zu meinem Busen hoch, und Peter zog sich aus meinem Mund und nahm den Platz von Andreas zwischen meinen Beinen ein. Der nahm ein T-Shirt und verband mir die Augen und nahm seinen Gürtel und wickelte ihn um meine Handgelenke –. Es hat mich angeturnt – ich kann auch nicht sagen warum. » Es hat mich angeturnt zu wissen, daß alles, was geschah, von mir in Gang gesetzt worden war und daß es nur darum ging, alles rauszulassen, was diese beiden Jungen immer geträumt hatten. Ich war plötzlich keine neunzehn Jahre alt, sondern zeitlos, ewig, ohne Persönlichkeit und noch mehr Person als je zuvor. Ich wollte es, und sie wollten es. Es war gut, daß ich damit angefangen hatte. Nachdem Andreas mich gefesselt hatte, beugte er sich über mich und streckte meine gebundenen Hände über meinen Kopf und gab mir mit der anderen Hand aus der halbvollen Champagnerflasche zu trinken. Ich trank und schluckte, bis sich schon beim Trinken alles zu drehen anfing, und dann rann der Rest der Flasche über meinen Hals und über meine Brust, und dann rieben sie sich mit ihren nackten Körpern an meinem Busen und an meinem Bauch und schleckten den Champagner von meiner Haut und aus meinem Nabel, und dann kam Peter mit einem lauten Stöhnen und gleichzeitig kam Andreas auf meinem Busen. Nach einer Pause, in der sie mich streichelten und küßten und kein Wort fiel, fingen sie wieder von vorne an. Einmal der eine, dann der andere, bis ich sie nicht mehr unterscheiden konnte, weil ich nichts mehr sehen

konnte und nichts greifen konnte, weil meine Hände von dem festen Ledergürtel umwickelt waren und weil ich auch nichts anderes wollte, als einfach gefickt werden und dabei Großmutters Pelzmantel am Rücken zu spüren.
Irgendwann in der Nacht schliefen die beiden ein, und ich richtete mich wieder auf... Das Feuer war heruntergebrannt und war nur mehr ein Häufchen Asche. Durch die Fenster verschwamm das Dunkel der Nacht zu einem weichen dunklen Blau, und ich wußte, daß ich jetzt gehen würde, um nie wieder in diese Wohnung zu kommen. Ich stand auf, wickelte den Gürtel von meinen Händen, warf das T-Shirt auf den Boden, zog die Eingangstür leise hinter mir zu. Ich drückte mich tief in meinen Pelzmantel und beschloß, nicht auf ein Taxi zu warten, sondern zu Fuß nach Hause zu gehen. Ich wanderte durch die verschneiten Straßen und mußte lachen, weil ich mit meinen hohen Schuhen ununterbrochen im gefrorenen Schnee stecken blieb. Als ich zu Hause angekommen war, hängte ich den Mantel in den Schrank zurück und ließ mir ein heißes Bad ein. Als es voll war, tropfte ich sieben Tropfen Jasminöl hinein und blieb in der Wärme sitzen, bis ich fast eingeschlafen war. Dann rollte ich mich in mein riesiges Badetuch, fiel ins Bett und schlief bis zum nächsten Mittag. Ich habe die beiden nach dieser Nacht nie mehr gesehen und nie mehr angerufen und, so seltsam es klingt – nicht einmal zufällig sind wir einander über den Weg gelaufen. Es war wie ein Zitat aus einer versunkenen Zeit, in der man sich bei Vollmond in den Wäldern getroffen hat, um all das zu tun, was bei Sonnenlicht so streng verboten ist...

Was würde er von mir denken, wenn er wüßte, daß ich einmal so eine Nacht erlebt habe. Männer sind ja so seltsam – sie wollen alles dürfen und behaupten, es hinterlasse keine Spuren, und am besten wollen sie, daß man als Madonna durchs Leben läuft bis zu dem Tag, an dem sie dich treffen. Und von Stund an sollst du die raffinierteste Hetäre des Universums sein, ohne jemals geübt zu haben. Es klingt so nach längst überwundenen Zeiten. Aber es ist wirklich immer noch so. Wirklich – sie ertragen es nicht, wenn sie nicht... also nicht der erste, aber... zumindest, mein Gott, worüber zerbreche ich mir hier eigentlich den Kopf, dachte ich, und drehte die Dusche auf eiskalt, um aus den Träumereien zu erwachen. Außerdem – es war ja nur ein einziges Mal und – und – und, die beiden habe ich ja auch nicht geliebt, so wie ich ihn liebe... Ihn, der da drüben mit seinen nerzweichen Blicken in dem großen weichen Bett liegt und den ich so sehr liebe – so sehr, daß ich tatsächlich das Gefühl habe, ihn betrogen zu haben...

»So, Linda, jetzt mach aber einen Punkt«, sagte mein Engel durch das Geräusch der Dusche hindurch und ließ das Wasser noch drei Grad kälter werden.

»Wirklich – soll ich einen Punkt machen?« fragte ich und war ganz klein und hoffte auf ein Machtwort meines ewigen Begleiters.

»Natürlich... sei froh, daß du schon einiges vor ihm erlebt hast – sonst hättest du dich ja zu Tode erschrocken – schon im Lift – gestern abend – erinnere dich?!«

»Ja«, ich erinnerte mich und drehte das Wasser ab. »Und du meinst, daß alles gut ist?« fragte ich und rieb

meinen Körper so stark mit dem Badetuch ab, daß meine Haut zu brennen begann, und der Kreislauf wieder anfing, im Kreise zu laufen.
»Ja – alles ist gut«, sagte mein Engel, und jetzt geh mit ihm frühstücken, sonst sterbt ihr noch beide vor Hunger, und das ist nicht der Sinn einer Liebesgeschichte.«
Richtig – völlig richtig. Also schlüpfte ich in den Rest meiner Kleider, nahm meinen Liebsten bei der Hand und fuhr mit ihm hinunter in die Halle.
Was ist denn eigentlich der Sinn einer Liebesgeschichte, dachte ich, während ich ihn von der Seite her ansah. Sich selbst wohl zu fühlen oder dafür zu sorgen, daß sich der andere wohl fühlt.
Oder es zu genießen, daß sich beide wohl fühlen? O Jesus – ich kenne so viele Liebesbeziehungen, in denen sich keiner von beiden wohl fühlt.
Warum?
Wieso?
Wo liegt der Grund?
Ich sah zu ihm, wie er so neben mir im Lift stand und auf der Leuchttafel über der Türe das Aufblinken der Stockwerke beobachtete, die wir passierten. Ich sah mir seine Schläfen an und die kleinen Falten neben seinen Augen –. Entweder fährt er viel Motorrad bei starkem Gegenwind, oder er hat viel zu lachen im Leben – dachte ich, als ich die kleinen Striche zählte, die von seinen Augenwinkeln nach oben führten. Soll ich ihn jetzt küssen oder einfach nur anschauen? – Das ist die Hauptfrage, denke ich – auf die sich alles reduzieren läßt –. Anschauen oder küssen, Phantasie oder Realität – Distanz oder Nähe...

Diese süßen, süßen, süßen kleinen Falten. Wenn ich mir sie so ansah aus einem halben Meter Entfernung, wollte ich mich sofort um seinen Hals hängen und sie einzeln mit der Zungenspitze abzählen, und – wenn ich das tue, dachte ich, kann ich sie aber nicht mehr in ihrer Gesamtheit zählen – und ihre Gesamtheit ist ja so süß, süß, süß, süß... Schrecklicher Zwiespalt der Gefühle – unentschlossenes Zaudern Hamletscher Natur –. Kein Wunder, daß Ophelia verrückt geworden ist –. Ich verstehe das –. Wenn Hamlet auch so süße Falten...

»Aufwachen, Baby...«, sagte er plötzlich, drehte sich zu mir und küßte mich auf den Mund –. »Wir sind gleich da.«

Ich legte meine Arme um seinen Hals und saugte mich an ihm fest...

Diese Küsse – drei blink – zwei blink – eins blink.

Der Lift sank tiefer und tiefer, und mein Kuß war noch nicht einmal bei der Hälfte angekommen.

Halle –.

Blink –.

Die Türe öffnete sich und wollte meinen Lebensrhythmus verändern. –

»Hm, hm«, machte ich, weil ich meine Lippen nicht von seinen Lippen nehmen konnte, und drückte irgendwo auf die Tasten an der Wand. Sssst, ssst fuhr die Lifttüre wieder zu, und der Kasten fing wieder an zu steigen. Das nennt man Frau der Situation sein, dachte ich, und kaute an seiner festen, heißen Zunge herum wie ein Katzenbaby, das im Kampf um die Mutterbrust endlich das Brüderchen zur Seite geschoben hatte und nun pumpend

und schnurrend vor egomanischer Lust sich am Leben festsaugt. Der Lift blieb stehen und setzte sich erst nach zwei Minuten wieder in Bewegung, weil ihn offensichtlich jemand in der Halle haben wollte.
Frechheit –. Ich meine, für ein Hotel dieser Preisklasse sollte es selbstverständlich sein, jedem Gast einen Einzellift zur Verfügung zu stellen. Howard-Hughes-mäßig, meine ich – mit dem man ganz nach eigenem Gutdünken verreisen kann zwischen den Etagen, mit einer in der Wand eingelassenen Minibar, in der sich erfrischende Getränke finden, kleine Kanapees... Gänseleberbrötchen mit einer Kirsche obendrauf zum Beispiel wären nicht schlecht, oder –.
Bums. Wieder waren wir gelandet. Die Doppeltüren glitten zur Seite, und wir stolperten küssend an drei Menschen vorbei, von denen ich weder Alter noch Geschlecht wahrnahm, nur, daß sie ihre Köpfe glaubten schütteln zu müssen. Sollen sie schütteln, dachte ich und stellte mir vor, wie sie jetzt kopfschüttelnd im Lift nach oben fuhren, ohne sich zu küssen. Kopfschüttelnd würden sie dann den Gang entlanggehen zu ihrem Zimmer. Kopfschüttelnd den Schlüssel in das Schloß stecken und kopfschüttelnd auf die Toilette eilen nach der langen Reise. Dann würden sie zum Telefon greifen und sich kopfschüttelnd darüber beschweren, daß in diesem Hotel Sodom und Gomorrha ausgebrochen sei. Ich sah sie vor mir, wie sie mit stahlblauen Haaren auf der Bettkante saßen, den Hörer am Ohr und den Kopf schüttelten. Natürlich muß man, wenn man den Kopf schüttelt und dabei telefoniert, den Kopf langsamer schütteln, so

daß man eher von einem Kopfdrehen sprechen müßte als von einem Kopfschütteln. Oder aber, wenn man das nicht will, muß man den Arm, der den Hörer hält, sehr sehr schnell mitschwenken, weil man ja – wie gesagt – mit der Meinungsäußerung des Kopfschüttelns nicht aufhören möchte, mit dem weithin bekannten Körpersprachezeichen des staunenden Unmutes, das ja das Kopfschütteln bekanntlich darstellt.

Ja, es ist gar nicht so einfach, sein Kopfschütteln zu dosieren, wenn man zum Ausdruck bringen möchte, daß man voller Unmut ist – denn wann sollte man damit wieder aufhören?!

Doch spätestens dann, wenn man eine Banane essen möchte oder sich eine Zigarette anzünden. Spätestens dann ist es vorbei mit dem Schütteln – daher ist man international übereingekommen, den Kopf höchstens zwei- bis dreimal hin- und herzuschütteln – gerade so lange, daß der Mensch, den man damit kritisieren möchte, es mitbekommt. Na gut – ich habe es mitbekommen – aber es war mir egal. Sollen sie doch schütteln – mir war viel wichtiger, daß der Portier ein freundliches Lächeln übrig hatte, als wir in der Halle mit dem Küssen aufhörten und wieder Luft holten.

»Guten Morgen – haben sie gut geschlafen?«

»Ja, o ja, das haben wir...«, sagte mein Geliebter, und um seine Augen wuchsen schon wieder diese süßen, süßen, süßen...

»Frühstück ist im Salon bereit«, sagte der Portier und neigte sich nach diesem Satz wieder offiziell über seine Bücher.

»Nein«, flüsterte ich.
»Nein?«
»Nein!«
»Kein Frühstück?«
»Doch, aber nicht hier«, flüsterte ich in sein Ohr. »Ich kenne einen viel schöneren Platz...«
»Wirklich? –«
»Ja – einen Platz, wo man nicht den Kopf schüttelt, wenn ich dich küsse.«
»Warum flüstern wir?«
»Sie sind überall...«
»Verstehe.«
Ich packte ihn, küßte ihn und zog ihn mit aus der Halle, in der sich der Portier ein kurzes Aufblicken von seinen Büchern gestattete.
Als wir aus dem Hotel traten, sah ich zu meinem größten Erstaunen, daß es wirklich noch andere Menschen gab, die herumgingen und Sachen trugen und Gespräche mit Polizisten über ihren falsch geparkten Wagen führten. Waren wir tatsächlich nicht allein auf diesem Planeten? Eine Nacht lang hatte es so ausgesehen – aber nun – Normalität, wohin das Auge reichte... Nun gut – auch durch diese Brandung des Alltäglichen werden wir schwimmen, beschloß ich und umarmte ihn mit beiden Armen beim Gehen und legte meinen Kopf an seine Schulter. Er hielt mich genauso fest, und so wanderten wir siamesisch durch die Stadt zu meinem Lieblingsfrühstückscafé.
Er war der erste Mann, mit dem ich so marschieren konnte, so dicht, wie mir zumute war, und so, daß jedermann sehen konnte, daß wir offensichtlich verliebt wa-

ren. Ich hasse es, ich hasse es, ich kann es gar nicht genug sagen, wie sehr ich es hasse, mit einem Mann durch die Stadt zu gehen, mit dem man eben so etwas Intimes geteilt hat wie die eigenen Seufzer, und diese Tiere tun so, als würden sie einen nicht kennen – kaum, daß sie nicht auf die andere Seite der Straße springen – damit nur ja niemand denkt, sie wären gebunden oder gar verliebt. Das ist nämlich der wahre Grund, warum sie deine Hand nicht halten beim Gehen oder den Arm um dich legen oder gar beide Arme um deinen Körper und Hüfte an Hüfte schmiegen – damit nicht jede Tussi, die vielleicht zufällig aus einem Geschäft stolpern könnte, das Gefühl hat – er sei unfrei... So ein Affentheater, so ein blödes. Ich spüre es immer ganz genau, wie so zwei- bis dreieinhalb Millimeter Distanz zusätzlich eintritt, wenn irgendwo ein Minirock um die Ecke biegt. Husch – sind sie plötzlich irgendein Fremder, der sich verlaufen hat. Ist das genetisch bedingt? Müssen sie ununterbrochen beweisen, daß sie Jäger sind – daß sie frei sind – für jede Frau zu haben... Ich weiß es nicht. Ich weiß nur, daß es ein saublödes, unzärtliches, unheimliches, kaltes, dummes Gefühl ist, mit einem Mann auf der Straße zu gehen, in dessen Augen man noch vor ein paar Stunden versunken war – und der läßt plötzlich einen Eishauch der Distanziertheit los – nur weil Irma la Douce da vorne in ihren Kleinwagen steigt und ihr grüner Minirock dabei bis zum Hals rutscht. Es ist einfach Scheiße – und ich pfeife auf das ganze Autonomiegeschwätz und den Unabhängigkeitskram am Morgen danach. Ist mir schon klar – beim Sterben ist jeder allein – aber ich muß mich

ja nicht jeden Tag darauf vorbereiten, oder?! Im Gegenteil, denke ich – gerade weil jeder beim Sterben allein ist, sollte man sich doch so viel wie möglich umarmen, so lange man noch lebt und Arme hat, die das können –. Wenn Gott gewollt hätte, daß wir uns nicht umarmen, hätte er uns Flügel wachsen lassen – oder?!
Was?!
Wie?!!
Na gut.
Er war jedenfalls nicht so blöd, so zu tun, als wüßte er nicht, wozu mir der liebe Gott meine Taille gegeben hat. Er hatte beide Arme um mich geschlungen, so wie es sich gehört, und zeigte der ganzen Welt, daß ich die Frau war, mit der er eben im Begriff war, frühstücken zu gehen. Da war es nämlich – mein geliebtes, mich über alle Maßen zärtlich empfangendes Lieblingscafé.
Es liegt an der Ecke dieses zauberhaften alten Marktplatzes, in dessen Mitte immer noch der alte Stadtbrunnen steht, aus dem die Frauen schon vor vierhundert Jahren ihr Wasser geschöpft haben. Jetzt ist er natürlich nur mehr eine Zierde, aber das Wasser klingt noch genau so wie vor vierhunderteinundvierzig Jahren. Ich kann das so genau sagen, denn ich war zweimal dabei in all den Jahrhunderten. Einmal als – aber das führt zu weit... Auf jeden Fall liegt mein Kaffeehaus an der Ecke des rechteckigen Platzes, und wenn man die Wendeltreppe an der Außenseite zur Holzterrasse hochsteigt und sich an einen Tisch an der Wand setzt, hört man dort oben das Wasser rinnen. Wir setzten uns nebeneinander an einen Tisch an der Wand und sahen uns um. Ein älte-

rer Herr saß zwei Tische weiter und studierte ›Le Monde‹, um zu erfahren, was wirklich los war auf der Welt, und um ein Gegengewicht zu finden, hatte er sicherheitshalber die ›Times‹ und den ›Herald Tribune‹ vor sich liegen. Er bemerkte meinen Blick, sah kurz auf, lächelte und las weiter. So ist es gut, dachte ich – das ist ein Echo, das ich gerne habe. Der Mann spürt eben, daß wir glücklich sind, und weil er das Gefühl in sich kennt, wird es durch unser Glück in ihm wachgerufen. – Er wird auch kurz glücklich – lächelt – und liest weiter. Das ist selten. Leider ruft man ja in neunundneunzig von hundert Fällen mit der Ausstrahlung von Glück nur Haß hervor. Ich habe lange gebracht, um das zu begreifen. In meiner Jugend dachte ich immer, daß positive Gefühle jedem, der ihnen begegnet, einen Schubs geben könnten, auch positive Gefühle zu haben. Ich dachte, wenn ich einmal das Glück habe, mich trotz der Realität der Welt sonnig zu fühlen, müßten alle, denen ich begegne, auch zu strahlen beginnen. Leider ist das Gegenteil der Fall. Leider ist es nicht so, daß dank der zufälligen Begegnung mit der Heiterkeit die Menschen umschwenken von dem Ärger des Lebens zur Freude. Sondern die Tatsache, daß es einem anderen gutgeht, ruft nur Neid und Wut hervor, weil das Glück der anderen einem doppelt klar vor Augen führt, daß man im Begriff ist, einen Fehler zu machen. Denn sich schlecht zu fühlen ist ein Zeichen, daß man irgend etwas falsch macht. Nichts anderes. Und jede andere Erklärung ist eine Ausrede. Die Polizei, die Steuern, das Wetter, die Autos, die Arbeit – alles Ausreden, die man beiseite lassen und sein eigenes

Leben verändern müßte. Und wenn es Revolution bedeuten sollte. Ja – so weit muß man in Wirklichkeit täglich gehen, wenn man das beseitigen will, was einen stört, glücklich zu sein. Zur täglichen, ja stündlichen Revolution gegen die Umstände, die einen behindern, glücklich zu sein. Wenn man zum Berg sagt: »Hebe dich hinweg«, dann tut er es –. Nur weil es niemand glaubt und versucht, bleiben sie liegen, die Berge an Unzärtlichkeit und Enge und Konventionen, die unseren freien Blick verstellen. Und dann werden wir unglücklich. Und dann sitzt irgendwo jemand in einem Café und wagt es, uns glücklich anzulächeln. Natürlich empfindet man das in der Sackgasse, in der man sitzt, als Frechheit. Und weil man als Erwachsener ja die Schuld zuletzt bei sich selbst sucht, ärgert man sich über dieses Lächeln, anstatt sich zu freuen, schüttelt den Kopf oder verschießt giftige Blicke...

Traurig, aber wahr. Und darum versuchen auch alle, wenn sie einem Liebespaar begegnen, nach dem ersten Staunen, daß so etwas möglich ist, dieses Glück zu zerstören. Wir kennen das ja – die Bemerkungen der guten Freundin oder des guten Freundes, daß sich schon alles wieder bald normalisieren wird und so –.

Warum –?!

Warum soll sich etwas normalisieren, wo doch glücklich zu sein der allernormalste Zustand der Erde sein könnte. Warum gehen die guten Freundinnen und Freunde nicht auch auf die Suche nach einer Umarmung auf dem Weg zum Frühstückscafé – anstatt daheim zu sitzen, zum Hörer zu greifen und zu melden, daß der neue Angebe-

tete noch vor drei Wochen dabei beobachtet wurde, wie er... Halt –. Das war nicht möglich. Dieses Zum-Hörer-greifen war dieses Mal ganz sicher völlig ausgeschlossen, weil niemand in den Hörer raunen konnte: »Ich freue mich ja so für dich – aber, übrigens – sag einmal – hast du dich schon einmal gefragt, wieso die Segel seines Schiffes eigentlich blutrot sind... Blutrot...?«
Ha, ha, ha – ich lachte laut auf, nahm dem Ober die Karte aus der Hand, die er mir reichte – der ältere Herr blickte wieder von seinen Weltnachrichten auf – sah mich an und nickte kurz zustimmend, bevor er den Ober um die ›Gazzetta dello Sport‹ bat.
»Danke«, sagte ich und legte die Karte vor mich hin. »Ich nehme dasselbe wie immer.«
»Bringen Sie bitte dasselbe wie immer ein zweites Mal für mich«, sagte der Mann an meiner Seite, worauf der Ober mit einer leichten Verbeugung und Respekt vor so viel Entschlußkraft mit einer eleganten Halbkurve den Weg zur Küche antrat.
»Und was wäre, wenn ich immer kalten Kabeljau auf Pumpernickel mit Honig nehmen würde?!« fragte ich ihn und wartete atemlos auf seine Antwort.
»Dann, meine Geliebte – hätte es sich mehr als gelohnt, nach sieben Jahren der Irrfahrt diesmal über dieser Stadt den Anker zu werfen«, sagte er, und ich hörte bei seinen Worten das Brausen der Gischt des Wolkenmeeres, das der schwere Kiel seines Dreimasters zerteilte auf der Suche nach mir...
»Nicht wahr, du hast gewußt, daß du mich hier finden würdest?«

»Ich habe es nicht gewußt – aber ich habe meine Engel gebeten, dich zu finden – wo immer du auch seist...«
»Ja, ja, das war gut von deinen Engeln –«, sagte ich und blickte ihm ernst in die Augen. »Ich liebe dich.«
»Ich dich auch.«
»Werden wir aufwachen...«, fragte ich, und wollte den Satz sofort wieder in meinen Mund zurückstopfen. Wozu diese ängstliche Frage. Warum überhaupt irgendeine Frage. Wozu dieses Sicherheitsdenken – mein Gott – War es denn nicht genug, daß dieser Mann hier neben mir saß und dasselbe Frühstück bestellte wie ich – ohne zu fragen, welchen Honig ich auf den Kabeljau eigentlich nahm? – Immer diese verdammte Sehnsucht nach Sicherheit und Ewigkeit, dachte ich. Das ist doch wirklich das ABC, daß man das seinlassen soll. Man zupft ja auch nicht jeden Tag an einer kleinen Zwiebel herum, die man eben gepflanzt hat, um zu schauen, wie's den Wurzeln geht.
Oh – diese Sehnsucht nach Ewigkeit.
Was soll man denn machen? Wie soll man sie seinlassen? Es ist doch logisch, daß man nach einem langen Winter in der Sonne liegen möchte – am liebsten zwölf Stunden am Tag, und das für den Rest des Jahres. Jeder Zentimeter dehnt sich schmelzend aus nach der Entbehrung der Eisgrotten, die mit Anfang Mai hinter einem liegen, und schon nach drei Minuten direkter Sonneneinstrahlung bildet der Körper Glückshormone.
Das ist bewiesen.
Wissenschaftlich bewiesen.
Und da kommt dann irgend jemand daher und sagt:

»Fünfunddreißig Minuten Sonne sind genug – ab in den Schatten.« Das geht doch nicht – nein, das geht einfach nicht. Also bleibt man liegen und schlürft das Glückshormon, bis man in der Nacht nicht weiß, wie man liegen soll – so rot ist die Haut geworden, bei den australischen Bedingungen, die heute ja schon planetenweit gelten.
Ich will nicht –.
Ich will ihn nicht wieder hergeben, diesen eigenartigen fremden Mann, der da plötzlich wie die Frühlingssonne in den Winter meines Mißvergnügens hereingeplatzt ist. Ich will nicht nach fünfunddreißig Minuten wieder in den Schatten – ich will ihn ansehen und spüren und küssen und bumsen, bis ich verkohlt bin wie das Steppengras in der Kalahari Ende August. Ich will nicht vernünftig sein und es erst einmal abwarten und vorsichtig sein und distanziert mit den Realitäten umgehen, die da heißen – ich weiß nicht einmal, womit er sein Geld verdient – wieso trägt er solche Hosen und kann sich ein solches Hotel leisten –, ist er ein Mafia-Jäger in Tarnung oder ein Drogenhändler, der sich als Mafia-Jäger in Tarnung tarnt. Ich weiß es nicht, und ich will es nicht wissen. Wie hat Marlon Brando so schön gesagt im ›Letzten Tango‹: »Keine persönlichen Geschichten – keine Fragen – keine Vergangenheit und keine Zukunft...« – oder so ähnlich... Ein toller Film war das – mein Gott – der Moment, in dem er zu ihr gesagt hat: »Hol mir die Butter...« – phantastisch. – Sitzt doch tatsächlich ruhig und Marlon-haft da und raunt: »Hol mir die Butter...«
Sie holt ihm die Butter, und er legt sie auf den Bauch, zieht ihr die Hose runter und schmiert ihr genüßlich ein

Stück Butter in den Po und bumst sie, und das alles in der Totale –.
Herrlich war das.
Dieser Hintern von ihm, der sich immer so zusammengezogen hat bei jedem Stoß – bei jedem weichen Stoß natürlich – weil in den Po hinein tut es schon weh, wenn man nicht vorsichtig ist und –. »Nein, nein«, hat Maria auch dauernd gerufen und mit den Händen auf den Boden getrommelt – Marlon aber war das völlig egal –. Tief grunzend wie ein alter Bär, wie ein altes Wildschwein, wie ein alter Seelöwe hat er sich auf sie draufgelegt und seinen Schwanz in ihren Po gesteckt, den er zuvor mit der Butter eingefettet hat. Der Mann wußte, was er tat. Und dann – wie es ihm gekommen ist – sagenhaft. Langgezogen stöhnend und mit vor Ekstase zitterndem Hintern hat er sie vollgemacht, und sie hat noch ein paarmal: »Nein – nein – nein«, geschrien und dann doch auch gestöhnt und sich dann selbstverständlich ganz schnell – ganz weit von ihm und seinem hungrigen Schwanz weggerollt.
Ein Tier eben, dieser Brando... Ein richtiger Unmensch... eine Bestie, und das mit der Butter – ich meine, im Film ist ja alles möglich – auch das Unmögliche –. Denn man stelle sich vor... sie holt ja diese Butter auf seinen Wunsch hin aus dem Kühlschrank... nicht – muß ich weiterdenken –...
Die ist ja kalt, diese Butter... Und er nimmt so ein Stück von der kalten Butter und –. Gut, man kann sagen, er hat sie eben in seinen gierigen Händen in zwei Sekunden zum Schmelzen gebracht – die zwei Sekunden

vom Hingreifen in die Butter bis zu ihrem Popo – aber...
Na gut, das ist eben Film... In Wirklichkeit ist es viel besser, man nimmt eine dicke Hautcreme oder Milch... ein Mittelding zwischen Hautcreme und Hautmilch, so ganz weich und cremig, und dann muß man sich auch viel mehr Zeit lassen als die beiden im ›Letzten Tango‹. Viel mehr Zeit, weil so ein steifer Schwanz ist ja ein großes Ding... Ich meine, verglichen mit so einem zarten kleinen Popo... Und ganz ganz langsam muß er ihn hineinstecken und immer wieder warten, und man muß ausatmen und sich entspannen und immer noch Creme dazu schmieren, damit alles schön weich und glitschig ist und so und... Am besten ist es, wenn man leicht angetrunken ist – dann entspannt man leichter, und er ist dann auch nicht so hart vom Alkohol und... Auf jeden Fall ist das Ganze nur mit der Überschrift ›langsam...‹ zu genießen, und so wie Marlon das gemacht hat, geht es wirklich nicht im wirklichen Leben. –
Aber gut –. Film ist Film, und wieso steht plötzlich das Frühstück vor mir, und wieso hat da jemand meinen Toast mit Butter bestrichen, die jetzt ganz langsam zu schmelzen beginnt, und was ist überhaupt los mit der Zeit und der Wirklichkeit und allem und – hm?!
»Da, Liebste – bevor du aus deinen Träumen aufsteigst, wird der Toast kalt, und die Butter kann nicht mehr schmelzen«, sagte er und legte das Messer auf den Tellerrand. »Danke«, sagte ich automatisch und sah auf den Tisch. Da war es – mein Lieblingsfrühstück, besser gesagt, da war es zweimal, vier Scheiben Toast in einem

Körbchen und in eine weiße Stoffserviette eingeschlagen, damit er so lange wie möglich warm bleibt. Ein kleines Glasschälchen voller Butterscheiben, die auf Eiswürfeln lagen und aussahen wie Kinderblumen – die haben so ein seltsames altmodisches Gerät in der Küche, mit dem sie aus der Butter so nette blumenförmige Gebilde herausschälen... Also die Butter war auf dem Eis wie immer – ein zweites kleines Schälchen war mit Honig gefüllt und ein drittes mit dunkelblauroter Brombeermarmelade.
Daneben war ein Kännchen mit schwarzem Kaffee, begleitet von einem Babykännchen voll mit heißer Milch, auf der ein eineinhalb Zentimeter dicke Schaumschicht lag. – Eine Silberschale, in der eine grapefruitgroße Glasschale lag, hielt zwei Eier im Glas beisammen und, um dem Ganzen die Krone aufzusetzen, wurde das Ganze begleitet von einem kleinen Ständer mit Salz und Pfeffer und Zucker. So stand es wie immer vor mir, aber heute stand es zweimal da, und jemand hatte meinen Toast gebuttert, ohne daß ich danach fragen mußte.
»Ich will nicht aufwachen«, sagte ich und ertappte mich dabei, wie ich kopfschüttelnd auf meinen Toast blickte, auf dem die Butterblumen schon fast zur Gänze geschmolzen waren.
»Gut, dann träumen wir weiter«, sagte er und biß in seinen Toast, auf den er sich einen Finger dick Butter und Brombeermarmelade gepackt hatte.
»Ja, da sollten wir tun«, sagte ich, und dann saßen wir nebeneinander und kauten schweigend und manchmal schmusend unser erstes Essen an diesem Tag.

Danach saßen wir da und blickten über den Platz. Direkt gegenüber der Terrasse war in einem Haus ein Fenster geöffnet, und auf dem Fensterbrett stand eine rote Blume in einem Topf –. Sie hatte buschige Blätter und drei große, runde, satte Blumenköpfe, die so rot waren wie Mohnblumen in einem Feld.
»Schau, dort drüben«, sagten wir im gleichen Augenblick und lachten. »Du wirst es nicht glauben« – sagte ich, »aber diese Blumen stehen dort, seit ich denken kann.«
»Immer dieselben?« fragte er, und ich boxte ihn für diese Frechheit in die Seite.
»Nein, Dummkopf – jedes Jahr neue – aber immer die gleiche rote Sorte und immer an der gleichen Stelle und immer um diese Jahreszeit –.«
»Immer am 20. August.«
»Ganz bestimmt immer am 20. August«, sagte ich und fragte mich, warum er dieses Datum immer wieder so sehr betonte.
»Da scheinen Menschen zu leben, die die Kontinuität zu schätzen wissen«, sagte er und sah mich an.
»Und du?« fragte ich.
»Was ich?«
»Schätzt du auch die Kontinuität?«
Er lächelte und sagte nichts.
Kann man es blöder anstellen?
Frag ihn doch gleich, ob er dich heiraten will. Heiraten, ein Kind zeugen, einen Baum pflanzen und pünktlich die Raten für den Bausparvertrag zurückzahlen, den mit der fünfundzwanzigjährigen Laufzeit. Prima – wunderbar –.

Stell dich nur blöd. Andererseits – warum eigentlich nicht... Warum eigentlich nicht so schnell und offen und spontan sagen, was du denkst, Linda?! Warum dasselbe Spiel der abgesicherten Distanziertheit spielen, über das du vor einer Stunde noch geschimpft hast. Warum so tun, als wolltest du nicht, daß er hierbleibt und dableibt, und jeden Morgen Butter auf deinen Toast streicht und jede Nacht...

»Bleib bei mir für immer und ewig«, sagte ich, und schickte kein ironisches Lachen hinterher, das zeigen sollte, daß ich erwachsen war und autonom.

»Für immer und ewig...?«

»Ja – für immer und ewig.«

»Einen Teil von immer und ewig habe ich auf meiner Suche schon hinter mir –.«

»Das ist keine Antwort.«

»Gut – ich werde immer bei dir sein – auf immer und ewig.«

»Ja.«

»Ja – die Frage ist nur, was du damit anfängst, wenn es soweit ist...«

»Was ist wann soweit?«

»Es ist meine Natur, es dir zu sagen, wenn es soweit sein kann. Deine Aufgabe ist es zu entscheiden, ob du wirklich für immer und ewig mit mir sein möchtest.«

»Würdest du in alle Ewigkeit deinen Kopf in der Nacht an meine Schulter legen und mich im Traum umarmen, so daß uns nichts geschehen kann.«

»Wenn du es wirklich willst, dann ja.«

»Gut.«

»Aber eines mußt du wissen – du glaubst zwar, daß die Entscheidung bei mir liegt – in Wirklichkeit aber liegt sie bei dir.«
Herrlich, herrlich... ›Vom Winde verweht‹ war nichts dagegen –. Er sprach diese Worte mit so viel Wärme und Zärtlichkeit und doch auch mit so viel Kraft und heiterem Duft, daß ich auf der Stelle nach Florenz geflogen wäre, um dort zu heiraten, wenn er mich gefragt hätte. Ich wollte ihm Zeit lassen – weil – mehr als er jetzt gesagt hatte, konnte man eigentlich gar nicht sagen am ersten Morgen, beim ersten gemeinsamen Frühstück. Nicht?... Und Heiratsanträge sind wirklich Männersache, denke ich – bei aller Offenheit –. Aber das ist ein Punkt, über den ich nicht diskutieren möchte. Auch wenn es nur ein altmodisches Spiel ist, auf das ich selbstverständlich mit ›nein‹ antworten würde – fragen muß doch immer noch das männliche Wesen – oder? Hm – ob ich wirklich mit ›nein‹ antworten würde, wenn er mich jetzt...
Verdammt – alles war möglich in diesem seltsamen Zustand ohne Zeit und Raum, in dem wir uns befanden und der vom Mond aus sicher als dunkelrot fluoreszierende Kugel um zwei Erdenbürger wahrgenommen werden konnte.
»Willst du mit mir spazierengehen«, sagte er, und ich übte schon einmal für die wichtigen Fragen und sagte leise und mit scheu aufblickenden Augen: »Ja.«
»Zeig mir, wo du gerne hingehst, wenn du nichts zu tun hast«, und hielt mich schon wieder mit beiden Armen umschlungen.

»Folge mir, Geliebter«, flüsterte ich in sein Ohr, und dann wanderte ich mit ihm zu einer der phantastischsten Errungenschaften der Stadt, in der ich lebe.
Es ist eine große Stadt mit diesem breiten Fluß in der Mitte, und auf der einen Seite dieses langsam fließenden Flusses liegt der alte Teil. Der Teil, in dem schon die Römer gewürfelt hatten, wie man erst unlängst bei Ausgrabungen festgestellt hatte. Und dieser alte Teil meiner Stadt liegt an einer hohen, senkrecht abfallenden Felswand. In früheren Jahrhunderten war das natürlich ein Schutz wie eine gemauerte Burg, und deswegen haben die Menschen in früheren Jahrhunderten auch angefangen, hier zu würfeln. Am Fuße dieser ungefähr hundert Meter hohen Felswand war eine Liftstation für einen Lift, wie man ihn normalerweise nur in Hotels erwartet, die mindestens acht Stockwerke hoch sind. Und dieser Lift führte im Felsen hoch zur Kuppe des Berges, und dort waren wir nach zwei Minuten Fahrt auch angekommen, als hätten wir das schon immer so nach dem Frühstück gemacht.
»Das gefällt mir«, sagte er und beugte sich mit mir weit über das Geländer, das da oben verhinderte, daß es ununterbrochen Touristen auf die Stadt regnete. Wir standen nebeneinander, Körper an Körper, und blicken auf die Häuser und suchten das Hotel, in dem wir –. »Dort drüben«, rief er und zeigte über den Fluß auf das große Haus auf der anderen Seite, an dem so viele Fahnen wie möglich Weltoffenheit signalisierten.
»Da ist es.«
»Ja.«

»Warte –, nein – doch, da drüben links, siehst du, das ist unser Fenster – es steht sogar offen – wahrscheinlich hat schon ein Mädchen mit schwarzem Kleid und weißem Schürzchen die Betten frisch überzogen.«

»Du meinst, das Zimmer wartet auf uns –«, sagte ich, und sah tatsächlich, wie die Fensterbalken leicht im Winde zu uns herüberwinkten.

»Natürlich«, lachte er. »Aber wir haben ja Zeit, nicht?«

»Ja«, sagte ich – für immer und ewig...«

Danach fingen wir an, auf dem Berg herumzuspazieren. Ich liebe es, wenn man aus dem direkten Sonnenlicht unter die Bäume tritt. Mindestens drei Grad wird es plötzlich kühler, und man spürt, wie der Körper leichter aufatmet und zu lauschen beginnt. Die Vögel fliegen umher und Schmetterlinge tun das, was ihre Natur ist. Sie fliegen von Blüte zu Blüte und genießen ihre Existenz. Ungestört, an der Grenze zum Märchen konnte man in den Kinderbucherinnerungen versinken, die einen dort oben auf dem Berg überfallen. Noch dazu, wenn man plötzlich zwischen den Bäumen eine alte Burgmauer entdeckt, die besorgte Bürger hier vor zweihundert Jahren aufgebaut hatten, um noch sicherer zu sein.

»Und das alles nur hundert Meter vom normalen Straßenkampf entfernt«, sagte er, und ich war glücklich über das Staunen in seinem Gesicht.

»Hier treibst du dich also herum, während ich von Ewigkeit zu Ewigkeit fliege.«

»Ja, das tue ich – jetzt werde ich dir meinen geheimsten Platz zeigen«, sagte ich, und führte ihn zu einer dichten Hecke, die angeblich undurchdringlich war. Ich hatte

aber schon seit Jahren meine geheimen Wege und wußte, daß es eine Stelle gab in dieser undurchdringlichen Hecke, durch die man sehr wohl mit etwas Druck hindurch konnte. Und so nahm ich ihn an der Hand und brach mit ihm durch auf die andere Seite.
Jenseits der dichten Büsche lag eine kleine Lichtung mit völlig verwildertem Gras, in das sich sonst nie jemand setzte, und in dieses Gras legten wir uns, schlossen die Augen und hörten dem Wind zu, der leise und mit melodischen Wellen durch die uralten Baumkronen streifte. Ich lag auf dem Rücken und hatte seinen Kopf auf meinem Bauch liegen, und beide lagen wir da und mußten uns für nichts beeilen, und für nichts galt es eine Erklärung abzugeben. Ich hatte meine rechte Hand unter meinem Kopf, mit der anderen streichelte ich ihm hier und da durch sein Haar. Er hatte wunderschönes Haar, weich und fest, und ich streichelte ihn von der Stirn nach hinten zu seinem Nacken, weil es ein Kater gar nicht gern hat, wenn man ihm gegen den Strich ins Fell greift, und er sollte in jedem Augenblick spüren, daß ich das respektierte.
Langsam, ganz langsam wanderte die Sonne über den Himmel und verschob die Schatten, die die Bäume über uns auf die Wiese legten. Von ganz weit weg hörte ich das Brummen der Stadt, in der es so viele wichtige Dinge zu erledigen gab, von denen ich mir nicht vorstellen konnte, jemals wieder etwas mit ihnen zu tun zu haben. Wie schreibt man einen Dauerauftrag bei der Bank – welches Formular verwendet man dafür und vor allem warum? Warum Daueraufträge – warum nicht einfach

nur lachen und lieben – wie zwei Kolibris, die sich an den Glockenblumen selig trinken... Zweiundzwanzig... neunzehn... fünfzehn... vierzehn... dreizehn... zwölf... Der Zeiger meiner Erinnerungen auf der Lebensuhr lief zurück, zurück, bis zu dem Tag, an dem ich zum ersten Mal auf dieser Wiese gelegen hatte.

Das einzige, was ich damals von Daueraufträgen wußte, war, daß ich dauernd auf diesem Stück Welt in der Sonne liegen bleiben wollte, um den Birkensamen zuzusehen, die im Wind trieben und einen Platz zum Neuentwurf eines Baumes suchten.

Ich war zwölf Jahre alt und dünn. Mein Gott, ich war so dünn, daß man nur an meinen beiden Zöpfen erkennen konnte, daß ich ein Mädchen war. Irgendwann muß es doch losgehen, dachte ich jeden Tag siebenmal und stellte mich immer wieder im Profil vor den Badezimmerspiegel, um meinen Busen zu kontrollieren. Betty hatte schon seit einem Jahr zwei Dinger, die wie Honigmelonenbabys aussahen und seit dem Tag, als sich ein Lehrer zweimal beim Wort ›Rotationsachse‹ versprochen hatte, als er an ihrem Tisch vorbeikam, trug sie überhaupt nur mehr T-Shirts der Marke ›much to small‹.

Was soll man machen – dachte ich – was soll man machen. Ob eincremen hilft?! In einer Werbung für Kosmetik hatte ich gesehen, daß eine Frau mit langsam kreisenden Bewegungen eine weiße Flüssigkeit auf den Busen auftrug und dann von unten nach oben kreisend dieses Zeugs einarbeitete. »Auf diese Weise bleibt ihr Busen straff und in Form«, versprach die Beschwörungsformel des Produktes, und dabei lächelte das zwanzigjährige Fotomodell, das eine dreiundvierzigjährige Frau darstellte, so doppelbödig in die Kamera, daß meine Mutter den Kanal wechselte und mein Vater ganz verstört aufblickte wie ein Teddybär im Zoo, dem man beinahe eine Honigwabe durch das Gitter geschoben hätte. Den Namen des Produkts konnte ich mir aber trotzdem merken. Und einen Tag später stand ich in der Parfümerie und investierte den größten Teil meines Vermögens in den Aufbau meiner Zukunft. Ich schleppte die Flaschen und Tuben der Firma, die dieses Wundermittel auf den Markt gebracht hatte, in einer Geheimaktion auf meinen Berg – brach durch die Büsche und setzte mich in die Sonne, um zu lesen, was auf den Beipackzetteln stand.

Überhaupt Beipackzettel...

Ich liebe sie...

Ganz egal, ob Hustensaft oder Wimperntusche – der Beipackzettel ist eine Welt für sich. Ich setze mich immer nach dem Einkauf auf den Badewannenrand und lese erst einmal ganz gründlich, was da so steht. Jede Eventualität wird angesprochen. Selbst die Möglichkeit, durch den neuen Haarfärber und Haarfestiger in seltenen allergischen Reaktionen Sommersprossen zu bekommen, wird gestreift, um nur ja den größten Eindruck an Seriosität zu vermitteln. Und jemand, der beim Anpreisen seiner Ware darauf hinweist, daß im Fall der Fälle – falls das Mittel im Süden um Mitternacht und Vollmond genommen werden sollte – daß also in diesem Falle alles schiefgehen könnte – wer derart darauf hinweist, ist schon sehr seriös. Nun saß ich also da und überflog das Papier, in dem wieder von kreisenden Bewegungen die Rede war, und zog mein Hemd aus und quetschte einen halben Liter Creme auf meine Brust...

»Was machst du denn da?!«

»Wieso?!«

Warum? Wer? Hier?! – Das kann nicht sein.

Ich drehte mich um und sah den Jungen aus meiner Klasse dastehen, der in der zweiten Bank neben mir saß und komischerweise immer meine Schultasche tragen wollte und nicht die von Betty. Vielleicht, weil ich beim Unterricht immer so weite Blusen trug, die der Phantasie mehr Spielraum gaben als diese Vakuumverpackungen von Betty, in denen sich ihr Fallobst präsentierte.

»Ich... ich –... ich sonne mich hier ein wenig.«

»Ah so.«

»Ja.«

»Hier oben?«

»Ja – hier oben.«

»Warum fährst du nicht an den See –«

»Ich hab nur eine Stunde Zeit.«

»Aha.«

Er fragte nicht weiter und setzte sich neben mich.

»Sonnencreme?« fragte er und nahm eine meiner Wunderflaschen.

»Ja – Sonnencreme«, sagte ich und nahm sie ihm wieder weg.

»Gut – ich hab nämlich nie welche dabei«, sagte er und zog sein Hemd aus.

»Was tust du?«

»Ich sonne mich auch.«
»Aber – wie bist du eigentlich hierhergekommen –«
»Du meinst, durch die Büsche?«
»Ja – durch die Büsche.«
»Ich bin dir nachgegangen – kannst du mir den Rücken eincremen, bitte?«
Ich war sprachlos – erstens, weil ich zusah, wie ich meine sündteure Geheimwaffe auf seinen Rücken verschmierte – mit langsamen kreisenden Bewegungen –, und zweitens war ich sprachlos, daß er mir einfach so direkt eine Liebeserklärung machte. Das war es doch, oder? Ich meine, Betty hat mir noch nie davon erzählt, daß ihr einer der Jungs aus unserer Klasse nachgegangen war – Kunststück –. Die blöde Kuh wurde ja auch seit einem halben Jahr von einem fünf Jahre älteren Kerl von der Schule abgeholt – von einem Angeber, der seit kurzem ein Motorrad besaß und – widerlich – na gut –.
Wie auch immer. Ich verrieb die Creme in seine Haut, und dann sagte er: »Jetzt bist du dran«, und nahm mir die Flasche aus der Hand.
Ich hob meine Haare in die Höhe und spürte, wie er viel zu viel von der Milch auf meinen Rücken rinnen ließ.
»Genug«, schrie ich. Und dann begann er, mich zu massieren, als hätte er sein Leben lang nichts anderes getan. Er begann am Nacken und arbeitete sich zu den Schulterblättern vor, und während er da oben cremte und massierte, rann ein dünner, kühler Tropfen meinen Rücken hinunter auf meine Hüfte – bevor er an meinem Rock angekommen war, fing er ihn ab und verteilte ihn auf meiner Haut. Minutenlang rieb er mich ein und dann

sagte er: »Da ist noch so viel in meiner Hand.« Und mit diesen Worten griff er unter meinen hochgehobenen Armen, die meine Haare auf meinem Kopf hielten, hindurch und legte beide Hände auf meine Brust. Ich zuckte zusammen und atmete tief durch die Nase ein, weil ich gleichzeitig meine Lippen fest aufeinanderpreßte, um nicht aufzuschreien.
Seltsam.
Das war kein Busen, wo er hingriff, aber das Gefühl, das Gefühl seiner nassen cremigen Hände auf diesen Stellen war so schön – so schön, daß es fast wehtat. Er fing an, mich noch langsamer zu streicheln, und schüttete noch mehr Creme auf meinen Körper und drückte und knetete meine Brust so intensiv, daß ich mir ganz sicher sein kann, daß der Busen, den ich jetzt habe, an diesem Tag Geburtstag hatte.
»So – Beine nicht vergessen...«, sagte er und zog meinen Rock hoch bis zur Hüfte. Eigentlich hätte ich aufspringen und fortlaufen müssen. Aber mir war schon alles egal, und da war seine Hand schon auf meinen Knien und streichelte höher und höher meine Oberschenkel und die Innenseite meiner Beine und höher und höher, und dabei stieß er immer wieder ganz zufällig an mein Höschen... Mein hellblaues Baumwollhöschen, das ich so gern hatte, weil ich Rosa nicht ausstehen kann. Dieses idiotische Rosa, das mir meine Tante immer schenkte und das... Nun gut, aber das ist eine andere Geschichte.
Ich lag halb zurückgelehnt auf seinem Bauch, die Hände hatte ich immer noch wie festgebunden auf meinem Kopf und sah ihm zu, wie er von hinten um mich herum

griff und mir öfter und öfter an mein Höschen stieß, und ich dachte – Das darf ich nicht mögen – das geht zu weit ... »Danke, das genügt«, sagte ich und richtete mich auf.

»Gut, dann gehe ich jetzt«, sagte er und sprang in die Höhe, und im Aufspringen stieß er an meine Schulter, und ich konnte ganz genau spüren, daß er in seiner Hose steinhart geworden war. Ich blieb sitzen und sagte: »Also dann bis morgen«, und sah auf den Punkt, der fünfzehn Zentimeter unter seinem Gürtel lag und jeden Moment zu platzen schien.

»Ja, ja, bis morgen«, sagte er. Und dann ging er rückwärts gehend weg, und unsere Augen brannten sich ineinander fest, bis die Büsche sich wieder hinter ihm geschlossen hatten.

Ich war so verwirrt von dieser Erscheinung, die nur eine halbe Stunde gedauert hatte, daß ich noch minutenlang auf den Punkt starrte, an dem er verschwunden war. Mir nachgegangen – ha – er ist mir nachgegangen – dachte ich und zog meinen Rock aus, um mich daraufzulegen. Ich sah an mir herunter und glaubte, die erste leichte Erhebung auf meiner Brust zu sehen – diese Creme mußte wirklich ein Zauberding sein ... Ich verteilte die Reste der Flüssigkeit, die noch auf meinen Beinen klebte, und schob meinen blauen Slip zur Seite ... Wie oft er da wohl angekommen war – dachte ich und streichelte zart meine weichen Haare, die von dem Stoff zusammengedrückt waren.

»Wie oft wohl«, dachte ich und lehnte mich zurück und fuhr mit dem Finger in mich hinein und ließ ihn dort drinnen und bewegte ihn nur ganz vorsichtig hin und her und hin und her... hin und her... und hin und her... und...

Neunzehn... zwanzig... einundzwanzig... Eine kleine Wolke trieb über mein Gesicht und verwandelte die Erinnerung in die Wärme der Gegenwart –. Wir lagen immer noch auf der Wiese, und er hatte seinen Kopf immer noch auf meinem Bauch liegen und schien zu schlafen. Die Erinnerung an diesen Tag lag um mich herum wie ein Schal aus dunkelgelber Seide, und ganz vorsichtig zog ich mit meiner Hand den Stoff von meinem Kleid ein wenig höher, um zwischen meine Beine zu greifen.

Ich bewegte mich ganz langsam, um ihn nicht zu wecken und war froh, daß ich an diesem Morgen kein Höschen angezogen hatte. Ich legte meine Hand auf meine Haare wie damals und zog mein rechtes Bein ganz langsam zur Seite, so daß die Sonne direkt auf meine weichen Lippen strahlen konnte... Ich fuhr mit den Fingern dazwischen und öffnete sie ganz vorsichtig, so daß die Sonnenstrahlen mich küssen konnten... Die Wärme stieg zwischen meinen Beinen hoch und wanderte breit und langsam von meinem Becken zu meinem Hals... Ein leichter Wind wehte durch meine Haare, und dann steckte ich meine Finger wie damals ganz tief in mich hinein... Warm und feucht war ich, und ich zog mich ein wenig um meinen Finger zusammen und ließ wieder los, zog mich zusammen und ließ wieder los und sah ihn vor mir, wie er sich in der Nacht über mich gebeugt hatte. Ich sah die Reflexe der Straßenbeleuchtung, die die Konturen seiner Muskeln nachgezeichnet hatten –. Die breiten

Muskeln auf seiner Brust, die ein bißchen feucht schimmerten von seinem Schweiß, der über seinem ganzen Körper lag wie der Geruch von heißem Pfeffer.
Er bewegt seinen Kopf, und ich hörte auf –. Ich atmete ganz flach und wartete ab, ob er wieder einschlafen würde. Eine Zeitlang war es atemlos ruhig – nur das Geräusch des Windes, der durch das Gras neben meinem Kopf streifte, war zu hören. Als ich wieder zu atmen begann, bewegte er langsam seinen Kopf auf meinem Nabel. Stück für Stück zog er mein Kleid in die Höhe, Stück für Stück rutschte der Stoff über meine Hüften, meinen Po, bis ich ganz nackt war... Er drückte seinen Mund auf meinen Nabel und fuhr mit seiner Zunge hinein, und dann blieb er still liegen und atmete nur ganz langsam in meine Haut –. Nach einer Ewigkeit schob er seinen Kopf zwischen meine Beine und legte seine Zunge oben auf die Spitze zwischen meinen Lippen und bewegte sie so vorsichtig hin und her wie ein warmer Windhauch, der den Samen von einem Löwenzahn pflückt... Nur mit der äußersten Spitze seiner Zunge kreiste er um den Punkt, an dem sich meine Lippen trafen, und dann legte er seine Hand darauf und dehnte mich auseinander. Ich breitete beide Arme zur Seite und hielt mich an dem Gras fest, das rund um uns wuchs, und zwang mich, liegen zu bleiben und mich nicht zu bewegen und nicht einmal zu stöhnen... Je starrer ich liegen blieb, um so mehr glaubte ich, verrückt zu werden – die Stromstöße, die er mit seiner Zunge in mich hineinküßte, wurden immer länger und stärker, und seine Hände hielten meine Oberschenkel und meinen Hintern

fest, der langsam anfing, auf und nieder zu zucken. Jetzt war es nicht mehr nur die Zungenspitze, mit der er mich zum Wahnsinn trieb. Jetzt war es sein ganzer Mund und seine ganze Zunge, mit der er mich auffraß... Auffressen – das ist das Wort –, er küßte und saugte mich mit so einer Gier am Boden fest, und ich preßte die Lippen genau so zusammen wie damals vor vielen Jahren, in denen ich für das, was jetzt mit mir geschah, viel zu jung gewesen war. Ich wollte noch nicht kommen – ich hörte fast zu atmen auf und zwang meinen Körper, sich nicht zu bewegen, so daß die Erregung um so stärker in mir hin und her rollte und einen Ausweg suchte. Einen Ausweg, der ein Schrei gewesen wäre oder ein Schütteln oder –. Aber ich wollte nicht... Ich wollte es so lange zurückhalten, bis ich den Verstand verliere. Jetzt fing es an, und ich spürte, daß ich es diesmal nicht mehr bremsen konnte –. Er machte mich mit seiner Zunge so naß, seine Lippen waren so weich und so tief in mir, daß ich es nicht mehr bremsen konnte... In dem Moment hörte er auf – er wußte genau, was mein Körper erlebte, und hörte in dem Moment auf, in dem es keinen anderen Ausweg mehr gab, als zu kommen. Ich wollte schreien und konnte es nicht... Ich schwebte wie ein Ballon in der Höhe, und kein Windhauch treibt mich vor oder zurück... Beim geringsten Zeichen, daß ich sinken würde, könnte die Flamme wieder fauchen und mich in die Höhe treiben. Ich spürte, wie der Höhepunkt in jeder Zelle bebte und raus wollte... Raus, raus, raus raus, raus. In dem Moment, in dem ich anfangen wollte zu schreien, steckte er seine Zunge so tief und fest in mich hinein und zog sie gleich wieder heraus und umkreiste mich damit, steckte sie wieder hinein, daß ich mich nicht mehr halten konnte und es kommen ließ. Ich bäumte mich auf, preßte seinen Kopf mit aller Kraft zwischen meine Beine, und so hielt ich uns fest – fest, fest, fest, fest, bis ich langsam wieder zusammensank und mit weit geöffneten Beinen liegen blieb...

Ich atmete tief ein und roch, wie süß die Luft war... Ich spürte, wie sein Herz genauso schnell schlug wie meines, und streichelte seinen Rücken. Er hatte sein Gesicht wieder auf meinen Bauch gelegt, und dann spürte ich, wie er lächelte. Seine Wangen spannten sich im Lächeln, und dann küßte er meinen Bauch und meine Brust und meinen Hals und meinen Mund.

»Hallo«, sagte er und sah mir in die Augen.

»Hallo, liegen Sie auch hier auf dieser Wiese?«

»Nein, wie kommen Sie darauf.«

»Ach so, verzeihen Sie, ich hatte nur das Gefühl.«

»Was für ein Gefühl hatten Sie?«

»Ach, ich hatte das Gefühl, daß ich Sie liebe.«

»So, das haben Sie.«

»Ja.«

»Sie werden lachen, ich habe dasselbe Gefühl.«

»Obwohl Sie gar nicht hier liegen?!«

»Eins zu null.«

»Danke.«

»Bitte.«

Ich nahm seinen Kopf und zog ihn zu mir herunter –. Ich küßte ihn und biß ihn zart in seine Lippen.

»Ich werde dich jetzt auffressen«, sagte ich.

»Das wäre vielleicht nicht so klug, weil es mich dann nicht mehr gäbe...«
Die Männer und ihre Logik –.
Würde sich die Welt noch drehen ohne diese Logik... Ich denke schon, und es wäre eigentlich spannend zu sehen, in welche Richtung... Andererseits – ich glaube immer weniger an diese Aufteilungen im Denken und Handeln. Wirklich –. Obwohl sie jetzt nachgewiesen haben, daß es fundamentale Unterschiede zwischen den Gehirnhälften gibt, die die Geschlechter noch stärker unterscheiden als jede Äußerlichkeit. Die linke und die rechte Hälfte sind bei den Männern nicht so sehr miteinander verkabelt wie bei uns – heißt es, und daher sind wir sprachlich begabter und intuitiver und können Zusammenhänge schneller erfassen als die Männer –.
Klingt verdammt gut – aber warum lassen wir sie dann immer noch so viel Blödsinn mit der Welt anstellen, wenn wir so viel intuitiver sind und ja schon beim Fallen eines Blattes erfühlen können, wo es landen wird?! Ich muß die armen Kerle wirklich in Schutz nehmen vor der Meute, die ununterbrochen heult, wir seien die besseren Menschen, weil wir ja das Leben bringen und erhalten würden, während die es ja nur ununterbrochen zerstören.
Gehe ich zu weit?!
Ist es der falsche Moment, über diese Fragen nachzudenken – wer weiß. Noch dazu, wo wir ja auch noch in der Überzahl sind auf dem Planeten –. Nicht?! Da könnten wir doch einiges bewegen, denke ich, mit unseren vernetzten Hälften...

Wie war das doch mit diesen Frauen im alten Griechenland, die einfach nicht mehr mit ihren Männern ins Bett gegangen sind, solange der Krieg tobte? Oh, wie schnell haben die dann die Waffen beiseite gelegt, um endlich wieder einmal bumsen zu dürfen, anstatt dem Gegner den Kopf zu spalten. – Warum tun wir das nicht auch heute? Warum verweigern wir nicht den Sex, solange noch ein einziger roter Sportwagen mit zweihundert Sachen über die Autobahn braust oder solange noch irgendwo ein neuer Golfplatz geplant wird – dem ein ganzer Wald weichen soll? All das zerstört doch in großem Maßstab unsere Welt, und sie tun es doch nur, um uns zu imponieren –. Mit Geld und schnellen Autos erfüllen sie heutzutage das Angeberpotential, mit dem sie früher fremde Länder überfallen haben.
»Nein!« – könnten wir doch rufen –, »das zerstört unseren Planeten und die Zukunft unserer Kinder – das können wir nicht dulden, und das imponiert uns auch überhaupt nicht. Und darum sagen wir dieser Dummheit den Kampf an und lassen euch so lange nicht mehr unter die Decke, bis ihr alle Fahrradfahrer geworden seid und nur noch Sport treibt in rückgebauten Flußläufen!«
Das wäre doch was – nicht?
Da hätten wir was geleistet – und warum geschieht das nicht? Weil immer noch zu viele von uns auf den roten Sportwagen abfahren, und die einzige Intuition, die uns überkommt, ist die, daß er wirklich ein toller Hecht sein muß, wenn er sich so ein Ding leisten kann. Daß achtzig Prozent von den Schlitten auf unseren Straßen auf Firmenleasing dahingleiten, steht auf einem anderen Blatt.

Aber wen interessiert das schon im Kampf der Geschlechter, in dem es nur um eines geht – schneller – höher – weiter – besser.
Lineare Logik führt diese armen Männer zu ihren Zielen und wahrscheinlich wird wie immer im Leben nicht die Vernunft, sondern nur der Gesamtkollaps unseres Gemeinwesens diese Ziele verändern.
»Spielst du Golf?«
»Nein.«
»Fährst du offene rote Sportwagen?«
»Ich denke, daß diese Angeberei in der Summe dazu führt, das Leben auf diesem Planeten eines Tages zu zerstören – daher benutze ich ausschließlich mein von blutroten Segeln getriebenes Segelschiff.«
Er war tatsächlich nicht von dieser Welt –. Ich hatte es vergessen.
»Was für ein Tag«, sagte ich, um von meinen Verwirrungen abzulenken, und stand auf.
»Was für ein Tag«, antwortete er und fing an, mein Kleid vom abgerissenen Gras zu säubern, das sich auf meinem Rücken verfangen hatte.
»Bist du ein logischer Mensch?« fragte ich ihn, während er langsam und genau jeden Halm, der eintrocknen und mich später jucken könnte, entfernte.
»Ich denke, ich habe in all den Jahren eine Art von Logik entwickelt.«
»Wie würdest du die beschreiben?«
»Ich würde sagen – es ist logisch, daß ich dich heute zum Essen einladen werde – nur, wenn du möchtest, selbstverständlich...«

Ich liebe dieses lineare männliche Denken – dieses Gebäude aus weißem, kantigem Marmor, das nur zwei Punkte kennt – den Anfang und das Ziel – den Anfang und das Ziel, und alles, was dazwischen liegt, wird einfach aus dem Weg geräumt.

»Und was machen wir bis dahin – was erwartet uns dazwischen – zwischen dem Jetzt und dem Abend?«

»Ich würde sagen – wir werden uns jetzt langsam durch diese Büsche schlagen und auf verschlungenen Pfaden in die Stadt hinuntersteigen und im schattigen Zimmer verweilen und vorher duschen –. Was hältst du davon?«

»Du liest nicht nur in meinem Körper, sondern auch in meinen Wünschen...«

»Darf ich sagen, was ich denke?«

»Sag es.«

»Du bist aber auch nicht gerade beim ABC stehengeblieben.«

»Findest du?«

»Finde ich.«

»Weißt du, daß du mich verrückt machst...«

»Ich hoffe es.«

Ja, er machte mich verrückt – ver-rückte mich und meine Welt, wie sie bis zu diesem Tag funktioniert hatte. Ich war frei. Das ist das Wort, das die Summe aller Gefühle darstellt, die ich bei ihm hatte. Freiheit.

Er liebt mich und meine Geschichte, ohne sie zu kennen. Es genügte ihm, daß wir im selben Augenblick zu lachen begannen, und er fragte nicht sezierend: »Warum bitte lachst du jetzt.« Er lachte einfach und küßte mich, und das war genug. – Nein, ich war nicht beim ABC stehengeblieben in den Jahren vor ihm. Aber ich hatte nicht gewußt, daß ich Gedichte lesen kann, und vor allem hatte ich nicht gewußt, daß ich Gedichte in mir hatte, die sich in Küsse verwandeln konnten und in Blicke und in eine Art zu gehen, die ich noch nie gespürt hatte. Ja, wirklich – ich ging anders. Und nicht nur, weil er mich beim Abstieg von dem Berg schon wieder umarmte. Ich war größer geworden seit gestern und weiter – anders kann ich es nicht sagen –. Ich hatte das Gefühl, daß mich nichts mehr umwerfen konnte. Kein Windstoß, kein Feind, kein tiefer Blick würde die Kraft haben, mich aus meiner Bahn zu werfen. Er hielt mich umarmt, aber gleichzeitig umarmte ich ihn – gab ich ihm genauso Halt und Sicherheit wie er mir. Es war kein gegenseitiges Umklammern, das in der Berührung lag, die wir teilten, während wir durch die Stadt gingen –. Es war ein gegenseitiges Lassen und Führen im selben Moment. Ich konnte ihn jederzeit loslassen und wieder zurückfinden, ohne zu stolpern und ohne unsicher zu sein. Wir wanderten durch die Straßen und spielten das Spiel des freien Fluges... Mit jedem Schritt lösten wir uns ein wenig mehr voneinander, bis nur mehr Arm auf Arm lag... bis nur mehr Hand auf Hand lag im Gehen... nur mehr Fingerspitze auf Fingerspitze... Dann ließen wir los – gingen einige Meter alleine und wußten trotzdem, daß der andere noch da war. Dann fingen die Bahnen wieder an, sich einander zu nähern, und dann trafen sich wieder die Finger, die Hände, die Arme, bis wir endlich wieder Seite an Seite, Hüfte an Hüfte, Wange an Wange weiter wanderten.

»Ist es so, wenn du fliegst?« fragte ich ihn.
»Du meinst, oben in den Wolken?«
»Ja.«
»So von Ewigkeit zu Ewigkeit...«
»Ja.«
»Hm, hm, so ist es, und so wird es auch sein, wenn du nicht mit mir fliegen willst... Ich werde trotzdem immer bei dir sein, bis du dich entschließt und wieder meine Hand nimmst.«
»Aber ich fliege doch mit dir.«
»Ja – jetzt und hier – auf dieser Straße... Ich spreche aber von der Ewigkeit – dort oben in den Sternen.«
Mein Gott, konnte er reden.
Jedes seiner Worte war so voller Schicksal, daß ich sofort wieder zu schmelzen begann.
»Ich werde für immer mit dir sein...«, hatte er gesagt... Ja, was wollte ich denn noch – vielleicht eine kandierte Kirsche obendrauf –?!
»Paß auf, sonst fliegst du mir durch das Glas –«, lachte er und holte mich ganz dicht zu sich, damit wir gemeinsam durch die Eingangstür paßten, von der nur ein Flügel offenstand.
»Hatten Sie einen schönen Tag –«, fragte der Portier mit so einer Mischung aus beruflicher Routine und wirklicher Freude darüber, endlich einmal Gäste zu sehen, die am Leben waren, daß ich ihm einen Kuß von meiner Hand zu seiner Loge blies.
»Verstehe«, sagte er. »Ich hoffe, Sie fühlen sich weiter wohl bei uns...«
O ja, ich fühle mich wohl – so wahnsinnig wohl unter

dieser Dusche, die lauwarmes Wasser über meinen Körper rinnen ließ – so lauwarm und weich, daß ich nicht im Traum daran dachte, den Hahn wieder zuzudrehen.

»Da fühlt sich jemand wohl...«, sagte er und stieg zu mir in den Zimmerregen.

»Sieht man das?«

»Das sieht man.«

Er nahm eine kleine blaue Flasche und schüttete etwas von dem weißen Cremebad in seine Hand. Langsam ließ er den Schaum über meinen Bauch rinnen und verteilte ihn über meinen ganzen Körper. Bis zu den Zehen überschüttete er mich mit dieser Duftorgie, und dann stützte ich mich mit beiden Händen an der Wand ab und rieb meinen nassen, eingeseiften Körper an seinem Bauch und an seinen Beinen. Er drehte das Wasser etwas wärmer, und so standen wir jahrhundertelang da und ließen uns überströmen, streichelten uns, rieben uns immer wieder mit dem Schaum ein, bis wir fast in den Ausfluß hinunterrutschten, um zu verdunsten, um irgendwo in Betschuwanaland als langersehnter Regen niederzugehen. Ich drehte langsam das kalte Wasser dazu, um es nicht so weit kommen zu lassen. Und dann öffneten wir die Augen und sahen zu, wie sich unsere Haut zu spannen begann.

»Kalt«, sagte er.

»Ja – kalt«, antwortete ich und drehte den Strahl auf eisig –.

»Eiskalt –«, rief er und hielt trotzdem durch.

»Ja – Eis – Eis – kalt«, brüllte ich und hielt es noch ein paar Sekunden aus, und dann drehte ich ab.

»Diese Frau will es genau wissen«, keuchte er, als er mich mit dem Badetuch abrieb, um mich wiederzubeleben.
»Ja – ganz genau«, stotterte ich unter seinen Händen, und dann half ich ihm, wieder einen trockenen Rücken zu bekommen und einen trockenen Po und einen trokkenen Po und einen –.
»Wenn du nicht aufhörst zu reiben, ist bald nichts mehr da.«
»Das wäre grauenhaft«, sagte ich und hielt seinen Hintern mit beiden Händen fest, damit er nicht wegfliegen konnte.
»Eben – was hältst du davon, statt dessen ein wenig zu liegen?«
»Du meinst, im Bett...«
»Warum nicht?«
»Ich weiß nicht, wie ich dort hinkommen soll.«
»Hmm.«
»Ich meine, wie soll ich dort hinkommen, ohne dich loszulassen.«
»Aha – verstehe.«
»Gib mir sofort eine Antwort mit deiner unbestechlichen Logik, die ich akzeptieren kann.«
»Hm – ich denke, wir könnten versuchen, daß du mich kurz losläßt und dann schnell zum Bett und dann dort wieder –.«
»Ich sage doch, ich kann dich nicht loslassen.«
»Aha – du kannst nicht.«
»Ich kann nicht.«
»Hm, hm, verstehe – dann hilft nur eines –«

»Und das wäre.«
»Zusammenarbeit.«
»Also gut.«
»Ich umarmte ihn von vorne, so gingen wir wie ein neugeschaffenes Tier aus dem Bad zum Bett. Wenn ich den linken Fuß nach hinten schob, stellte er seinen rechten nach. Und bei meinem rechten Bein sein linkes, dann wieder rechts und links, rechts und links. Und so gelang es uns tatsächlich, ins Bett zu kommen, ohne meine Hände auch nur eine Sekunde von diesem Wahnsinnshintern zu nehmen.
»Geschafft.« Seufzend plumpsten wir auf das frisch gemachte Bett, bei dem sich das Stubenmädchen wirklich allergrößte Mühe gegeben haben mußte, die Spuren der letzten Nacht zu beseitigen. Daran erkennt man eben wirklich das gediegene Siebzehn-Sterne-Hotel. Selbst die Rolling Stones könnten hier gehaust haben –. Einen Tag später würde Zimmer 231 wieder so aussehen wie zuvor.
Ich lag rücklings auf dem neu gebauten Bett und hatte ihm im Fallen einen Schubs gegeben, so daß sein Schwanz in dem Moment, in dem wir auf den Decken landeten, genau vor meinen Mund rutschte. Das muß man mir erst einmal nachmachen. Aber ich glaube, es war Anfängerglück, gepaart mit einer ganz großen Gier danach, ihn in den Mund zu nehmen. Während dem ganzen Marsch zum Bett und schon vorher beim Duschen und erst recht beim Abtrocknen hatte ich nämlich bemerkt, daß er schon wieder anfing, groß zu werden. Wahrscheinlich raucht er nicht, und trinkt er nicht und

ißt täglich fünf Ikura-Suhis, dachte ich und war glücklich darüber zu hören, wie er so laut stöhnte, daß er sich ein Kissen nehmen mußte, um es über sein Gesicht zu pressen, damit niemand die Rettung holen konnte. Da lag er jetzt, frisch gewaschen und braungebrannt, nach Jasmin duftend – sein Arme um das Kissen vor seinem Gesicht gepreßt, ausgeliefert und ganz und gar mein Objekt. Ich fuhr mit der Zunge auf seinem Schwanz auf und nieder und streichelte dabei seine Beine und seinen Bauch und hörte zu, wie er heißer und heißer und tiefer und tiefer seufzte und stöhnte und fast schon schreien mußte...
»Schrei nur –«, sagte ich leise... »Schrei nur, wenn du willst.... Keiner wird dich hören...« Ich kniete mich zwischen seine Beine und hielt ihn mit beiden Händen fest, und dann verlängerte ich die so entstandene Höhle mit meinem offenen Mund, und so ließ ich mich immer wieder hinunter sinken und hob mich und ließ mich sinken und spürte, wie sich seine Bauchmuskeln anspannten, und wie er immer heftiger zu keuchen anfing und sich zu rollen begann –.
»Bleib schön da«, sagte ich und schleckte rund um seine Spitze seine zarte Haut, und dann nahm ich ihn wieder in den Mund, und jetzt kam es ihm so heiß und so stark und so heftig, daß ich mich fragte, was um Gottes willen geschehen wäre, wenn ich das nicht getan hätte. Er schmeckte warm und wie Artischocken mit Mandeln und Salz. Dann lag er auf dem Rücken, und sein Bauch zitterte... Seine Arme, die das Kissen vor sein Gesicht gepreßt hatten, entspannten sich und rutschten auf das Bett. Er drehte seinen Kopf zur Seite, um wieder Luft zu

bekommen, und ich drückte mein Gesicht auf seinen Bauch. Ich spürte, wie immer wieder zitternde Wellen durch seine Muskeln flogen, und legte meine Hände um sein Becken und drückte mit meinen Beinen gegen seine Oberschenkel, die er ein wenig gespreizt hatte.

Ich hielt ihn umarmt und sah in das Zimmer.

Langsam begann draußen die Sonne hinter dem Berg zu versinken, und die flach einfallenden Strahlen wurden immer roter und goldener, färbten den Tisch und die drei Stühle, die vor dem großen Fenster standen. Sie färbten den Tisch, und auf die Wand, die dem Fenster gegenüberlag, legten sie ein dunkelgoldenes Rechteck aus schwächer werdendem Licht.

Jetzt fuhr ein Motorrad vorbei... Ein einzelnes, tief blubberndes Motorrad auf dem Weg zu irgendeinem Waldgasthaus oder einem See. Der Fahrer gab langsam Gas. Ohne Hast und Angeberei ließ er seinen Motor an unserem Hotelzimmer vorbei blubbern – so langsam, wie es nur an diesen Sommerabenden geht, an denen alles am höchsten Punkt angekommen ist. Die Sonne, die Wärme, die drei bis vier Wolken am Tag, die über den blauen Himmel ziehen, die Hitze, die sich in den Mauern der Häuser eingenistet hat und über Nacht nicht mehr zu vertreiben ist, alles das ist in wenigen Tagen auf dem Höhepunkt.

Diese Zeit dauert nicht lange –. Es ist wie ein kurzer Film, der abläuft, ohne einen einzigen Kratzer, der störend über die Leinwand springt. Diese Tage rinnen aus der Sommerzeit wie alter Rotwein aus einem Krug. Duftend und lange vorbereitet vom Frühling und von der ersten kurzen Hitze Ende Juni. Diese Sonne ist aber noch nicht verläßlich. Die Sonne, die im Juni das Wärmen übt, kann noch irritieren. Ein einziger Regentag, und man wird zurückgeworfen auf die Tage im April, in denen man vorschnell ohne Pullover aus dem Haus gegangen ist. Man sitzt dann abends in einem Straßencafé und friert. Der Tag war vielleicht schon wirklich heiß, das Licht hat sogar geblendet, und die Schritte auf der Straße haben die Winterschwere verloren. Aber dann am Abend kommt der Wind, der noch eine März-Erinnerung in sich trägt, und man beginnt zu frieren. Das will man natürlich nicht wahrhaben, weil man die Zeit anschieben möchte. Und so geht man dann am Abend weg und läßt die Jacke zu Hause. Jedes Jahr ist es das gleiche. Jedes Jahr sitzt man dann da und spürt, wie sich der Körper zusammenzieht und sich nach einem Pullover sehnt. Vier bis fünf Grad sind es nur, die fehlen, höchstens –. Aber die vier bis fünf Grad machen den Unterschied aus zur Juliwärme, in die man sich hineinsinken lassen kann wie in ein warmes Bad. Kein feindseliger Eishauch fegt überraschend um die Ecken. Keine breiten Wolkenbänder decken für zwanzig Minuten die Sonne ab, keine Eiswürfel fallen vom Himmel, wenn es regnet. Kein nackter Mann liegt so hingegossen neben einem im Bett.

»Wollen wir essen gehen –«, fragte eine Stimme in meine Wetterbetrachtungen hinein –.

»Das ist eine wunderbare Idee.«

»Die Sonne geht nämlich unter, und wir sollten noch bei Licht an einem Tisch sitzen.«

»Ja.«
»Und wir sollten uns küssen.«
»Ja.«
»Und wir sollten...«
»Hmm?!«
»Du bist eine wunderbare Frau.«
»Findest du?«
»Ja.«
Ich drehte ihn auf dem Bett herum und legte mich quer über seinen Rücken –.
»Was wollen wir denn essen?!«
»Hmm – etwas Gutes.«
»Finde ich auch.«
»Vielleicht einen zartgebratenen Fisch mit einigen zartgekochten Petersiliekartoffeln und einem zarten Glas Weißwein dazu – was meinst du?«
»Du und deine zarten Ideen...«
»Weißt du, ich komme nicht so oft dazu in den Wolken.«
»Wozu?«
»Mit einer so zarten Frau essen zu gehen.«
»Nein?!«
»Nein.«
Hmm – warum sagte er das. War das eine Schmeichelei, weil der Tag sich dem Ende näherte, hatte er so etwas nötig? War es wirklich so, daß er in den Wolken nur von Einsamkeit umgeben war – ich konnte mir das schwer vorstellen.
»Fliegende Holländer landen doch öfter, um Proviant an Bord zu nehmen – oder?!«

»Alle sieben Jahre ist es erlaubt – nicht öfter.«
»Öfter nicht?«
»Öfter nicht.«
»Und wenn dich die Sehnsucht überkommt – was machst du dann?«
»Das muß ich ertragen...«
»Ja?«
»Ja.«
»Aber heute abend darfst du alles tun, was du möchtest, richtig?«
»Ich darf den ganzen Tag lang tun, was ich möchte.«
»Das ist gut – ich bin dabei.«
»Ja – du bist dabei... und wenn du willst, bist du es für immer – es ist allein deine Entscheidung.«
»Hat das Zeit bis nach dem Abendessen –«
»Ja, es hat noch Zeit.«
»Gott sei Dank – du riechst so gut.«
»Du wechselst das Thema.«
»Ich weiß. Du riechst wirklich so gut.«
»Ich schenke es dir.«
»Was?«
»Das, wonach ich rieche.«
»Ja?!«
»Ja. Wann immer du willst, wirst du mich riechen und –«
»Täglich?«
»Weißt du, was du da sagst?«
»Ja – ich will dich täglich riechen.«
»Ein schneller Entschluß.«
»Schneller Entschluß – bester Entschluß. Komm, wir stehen auf.«

Ich esse gerne.
Der zweite fundamentale Erkenntnissatz meines Lebens.
Ich esse gerne.
Natürlich ist das nicht der letzte Schritt auf dem Weg zur vollendeten Persönlichkeit, aber ganz sicher einer der wichtigsten. Das Schuld- und Sühnekapitel, das einige schwarzgekleidete Herren seit zweitausend Jahren über diesen Erdball ausgekippt haben, ist ja Gott sei Dank langsam dabei auszutrocknen. Aber ist es nicht eigenartig, daß man immer noch von einem kleinen Blitz durchzuckt wird, wenn man sich zu der bekennt, die man ist? Immer noch klingeln Pawlowsche Reflexglocken, wenn das denkende Abendländerhirn sein Leben endlich einmal zu genießen beginnt. Warum ist das so? Ganz einfach – weil sie versucht haben, uns auseinanderzureißen. Sie haben zweitausend Jahre lang versucht, die Impulse der Freude, der Lust, der Verspieltheit, der Unbekümmertheit, der Liebesfähigkeit zu zerstampfen und uns dafür Schuldgefühle einzupflanzen. Nichts Neues – ich weiß es. Aber für jeden einzelnen von uns ist es immer wieder neu und jeden Morgen beim Biß in die mit Honig vollgetropfte Buttersemmel ist ein winziges Schuldecho

dabei, das uns Genuß als Sünde erleben läßt. Bei jeder durchtanzten Nacht an einem vom Vollmond beschienenen Strand tanzt der Zeigefinger des Kopfwehs mit, bei jedem Griff unter die Bettdecke weint das kleine Jesulein.

Kein Spaß – es weint bittere Tränen. Meine Großmutter hat es mir sogar bewiesen.

Ich war zwölf Jahre alt und lag in meinem Bett. Es war kurz vor Ostern – das weiß ich deswegen noch so genau, weil die Forsythien voll aufgeblüht waren –.

Na gut. Ich liege also im Bett und denke an den Liebesfilm, der an diesem Abend im Fernsehen gelaufen ist, und spiele zwischen meinen Beinen herum. Eine halbe Stunde, nachdem ich mich hingelegt habe, geht die Türe noch einmal auf, und meine Großmutter kommt an mein Bett.

»Ich wollte dir noch einen Gute-Nacht-Kuß geben«, hat sie gesagt, und sich über mich gebeugt.

»Gute Nacht, Großmutter«, habe ich gesagt.

»Gute Nacht, Linda... Linda?«

»Ja, Großmutter.«

»Hast du deine Hand wieder unter der Decke gehabt?«

»Nein, Großmutter.«

»Du sollst nicht lügen!«

»Ja, Großmutter.«

»Du weiß, daß das kleine Jesulein sehr traurig wird und weinen muß, wenn du dich da unten anfaßt?!«

»Aber Großmutter –«

»Nein, nein, hör auf damit.«

»Ist gut, Großmutter.«

»Also gute Nacht, Linda.«
»Gute Nacht, Großmutter.«
Sie schloß die Türe wieder hinter sich, und ich steckte meine Hand wieder unter die Decke und rieb mich noch lustvoller und tiefer, und plötzlich begann es zu regnen. Es begann plötzlich prasselnd zu schütten, als wären tausend Duschen über Duschen in unserem Haus aufgedreht worden. Die Türe öffnete sich, und sie steckte ihren Kopf wieder ins Zimmer.
»Siehst du, Linda, das kommt davon –. So sehr hat das kleine Jesulein noch nie geweint.«
»Entschuldigung.«
»Entschuldige dich nicht bei mir – entschuldige dich bei ihm für deine Sünden.«
»Ist gut.«
Sie zog die Türe ein zweites Mal zu und ließ mich mit meiner Verfehlung allein. Tja – so war das –. Da lag ich dann in der Dunkelheit und lauschte seinen Tränen. Ein bißchen hysterisch ist er schon, dachte ich mir – wegen meiner kleinen Muschi so einen Zirkus aufzuziehen. Aber, na gut –. Wenn meine Sünde wirklich so groß ist... so groß – aber halt –. Vielleicht war ich es ja nicht alleine. Vielleicht waren noch andere Sünder am Werk. Vielleicht waren es Sammeltränen, die er kollektiv über alle sündigen kleinen und großen Mädchen ausschüttete. Vielleicht regnete es überhaupt nur so viele seiner Tränen, weil ein Kloster in der Nähe war. Er ist ja ein Bigamist – nicht –, und da mußte er weinen, weil sein ganzer Harem jetzt wahrscheinlich dabei war, die Hand unter die Decke zu schieben und –. Jede Nonne ist ja eine Frau,

die mit Jesus verlobt ist... So ist es... Ja, so ist es – wenn eine Novizin zur Nonne erklärt wird – dann ist sie eine Braut Jesu, und er ist ihr geliebter Bräutigam... Also ist er ein Bigamist. All die vielen schwarzverhängten Mädchen mit ihrer grauen Haut und den schmalen Lippen und den flachen Schuhen, die seine Bräute sind und sich ein Leben lang ihren Liebsten mit Tausenden anderen Mädchen teilen müssen – das ist nicht lustig –. Jede Nacht liegen Zehntausende Jesus-Bräute in ihren schmalen Betten und blicken auf das Kreuz an der Wand und verzehren sich vor Sehnsucht nach ihrem Bräutigam – rein spirituell natürlich –. Und da kann es schon vorkommen, daß der einen oder anderen Sünderin die Hand zwischen die weichen Oberschenkel gleitet auf der Suche nach einer verlorenen Rosenkranzperle, und da bricht es aus ihm natürlich heraus –. Die Trauer, die tiefe Trauer über die Verfehlung einer seiner Angelobten. Ich verstehe das –. Oder vielleicht ist auch das eine Fehlinterpretation –. Vielleicht ist er nicht über die Berührung traurig, sondern darüber, daß er nicht bei all seinen Liebsten gleichzeitig sein kann, weil der Himmel so weit weg ist, in dem er es sich gutgehen läßt, während sich Hunderttausende Mädchen in ihren schmalen Betten nach ihm verzehren. Das scheint mir realistischer – nicht? Es muß aber auch wirklich schrecklich sein. Da hat man schon einmal den erhöhten Aussichtspunkt über das, was sich jeder Mann im tiefsten Inneren wünscht – über einen unüberschaubaren Harem, der einen inbrünstig anbetet und sich nichts mehr wünscht, als eine persönliche Begegnung –, und man kann nicht hinunter.

Das ist bei genauer Betrachtung ganz sicher der eigentliche Grund für die vielen Tränen.
Na gut – aber das war nicht mein Problem in dieser Nacht. Im Gegenteil –. Ich war froh, daß dieser Gedankengang mich endlich zu der Erkenntnis gebracht hatte, daß ich ja gar nicht gemeint war, wenn er zu weinen begann – sondern seine überspannten Familienverhältnisse. Beruhigt fing ich wieder an, mich zu strecken und zu streicheln, und schlief danach ruhig und zufrieden zu dem Geräusch der Tropfen, die auf mein Fensterbrett schlugen, ein.
Es gelingt mir leider nicht immer mit derartigen logischen Gedankengängen die wahren Inhalte hinter den Masken der Kultur zu entlarven – aber was soll's –. Jeder ist seines Glückes Schmied, und die Einsicht jener Nacht hatte zwar mir persönlich einen kleinen Erleichterungsschub gebracht – aber am Prinzip nichts daran geändert, daß wir die freudloseste und lustfeindlichste Kultur haben, die es auf diesem Planeten je gegeben hat. Wie soll man sich denn auch von diesem Echo befreien, wenn jeder Schritt, jede Tat, die dazu dient, diesen Ballast abzuwerfen – ja schon wieder nicht lustvoll geschehen kann, sondern in erster Linie aus Trotz.
Es ist ja nicht so, daß man den Seelendruck, den sie auf uns gehäuft haben, einfach abwirft und dann befreit weiterwandert – nein. Man wirft ihn vielleicht hie und da in ekstatischen Momenten von den Schultern – genießt kurz sein Leben – geht noch ein bis zwei Tage relativ unbeschwert seinen Weg, und am dritten Tag wird man wieder eingeholt von der Erziehung zur Lebensvernei-

nung, und das Spiel beginnt von vorn. Neunzig Prozent der Geistesenergie muß darauf verschwendet werden, dem Wiederauftauchen der Schuldgefühle sofort eine Absage zu erteilen. Und so ist man als denkender Mensch in sich selbst ununterbrochen an der Front und kämpft und kämpft, nur, um einmal das ABC des Lebens ungestört zu buchstabieren – ungestört – so, wie es gemeint ist – frei von Angst und frei von Schuld sich zu freuen. Sich zu freuen, daß man atmen, leben und lieben kann. So einfach wäre es – so einfach müßte es sein, aber leider werden wir noch ein paar Generationen darauf verschwenden müssen, bis wir ohne Irritationen gerne bumsen und ohne Irritationen gerne essen können.

Das Problem der Fettleibigkeit zum Beispiel wird dann von selbst verschwinden. Die Fettleibigkeit ist ja auch nur das Ergebnis der als oberstes Menschenziel angepriesenen Askese. Kein Eingeborenenstamm der Welt, der noch Sonnengott und Mondgott verehrt und bumst, was das Zeug hält, wenn Vollmond herrscht, kennt das Problem der Fettleibigkeit. Fettleibigkeit kann ja nur entstehen, wenn ich die Nahrungsaufnahme durch verblödetes Fasten und Askese-Vorschläge zu einer unnatürlichen Sache hochstilisiere. Jeder gesunde, unbeeinflußte Körper würde nur so viel essen, wie er braucht, um satt zu sein. Weil wir aber seit Thomas von Aquin Verzicht als eines unserer größten Geistesgüter pflegen, bewußt oder unbewußt, schämt sich der Mensch bei jedem Stück guten Kuchens, das er bekommt. Entweder hört er auf zu essen und versagt sich so den Genuß – bis er vor Gier platzt und drei Stück Kuchen zuviel ißt...

Oder aber er ißt gleich drei Stück, um sich selbst zu beweisen, daß er tun und lassen kann, was er will. Das Ergebnis dieser unfreien Handlungsweise ist – Fettleibigkeit. Der langen Rede kurzer Sinn – wir haben nichts gelernt, nichts, was man zur Existenz als Mensch braucht, hat man uns beigebracht –. Im Gegenteil. Die natürlich angelegten grundlegenden Regeln des Menschseins werden so lange verbogen und pervertiert, bis nur noch dicke, fettleibige Menschen übrigbleiben, die im Bahnhofsviertel in Peepshows gehen, wenn sie Lust erleben wollen, oder, im Gegenzug, übertrainierte Muskelasketen, die mit panikverzerrtem Blick durch die ozonverseuchte Luft taumeln, um aus ihrem Körper das letzte Restchen Natürlichkeit herauszuputschen. Eine Welt von Krüppeln an Geist und Seele ist das Ergebnis zweitausendjähriger Aufbauarbeit des Satans. Dies ist die Wahrheit, und mit diesem Satz im Kopf beugte ich mich über die Speisekarte.

In der Zwischenzeit waren wir nämlich schon lange am See angelangt. An meinem Lieblingssee, der eine halbe Stunde vor den Toren meiner Stadt liegt, und an dessen Ufer eines der besten und angenehmsten Restaurants zu finden ist.

Dieses Restaurant ist ein Reservat des Heidentums, und das ist es wahrscheinlich geblieben, weil es etwas abseits liegt und das ist, was man einen Geheimtip nennt. An den anderen Seen der Umgebung ist es auch lauter. Dort gibt es große Parkplätze und Tennishallen mit Saftbars, und Tausende Menschen quellen jedes Wochenende aus der Stadt wie aus einer Zahnpastatube, auf die man ver-

sehentlich draufgetreten ist, und verschmieren dort die Landschaft mit ihren neonfarbigen Kampfanzügen im Krieg gegen das Wohlbefinden.
Hier, in meinem Lieblingsrestaurant an meinem Lieblingssee war das nicht so. Die Bucht, an der das Haus lag, war etwas zu klein, um Tausende Menschen zu beherbergen, und auf dem Parkplatz hinter dem Hotel hatten höchstens vierzig Autos Platz. Das Ganze war nämlich ein Hotelrestaurant, um genau zu sein. Früher einmal muß es eine Frühstückspension gewesen sein, und jetzt ist es ein Hotelrestaurant geworden. Die Dinge entwickeln sich eben –. Aber diesem Ort der Kraft ist es Gott sei Dank gelungen, sich in einer altmodisch entspannten Weise zu entwickeln, die wohltuend ist. Familien und Liebespaare – das sind die meistvertretenen Gäste an diesem Ort. Liebespaare, die wahrscheinlich hier einmal als Familien landen werden, und Familien, die immer wieder hierher kommen, um den Ort zu feiern, an dem sie einmal als Liebespaare begonnen hatten. Das Haus sieht aus wie ein sehr großes einstöckiges Bauernhaus, weißgetünchte Mauern, auf denen ein Stockwerk liegt, das außen mit dunkelbraunem Holz verschalt ist, und vor den Fenstern im ersten Stock läuft ein altmodischer Holzbalkon rund um das ganze Haus, von dem aus man eigentlich in jedes Zimmer sehen könnte – wenn da nicht die grünen Holzjalousien wären –. Vor jedem Fenster und vor jeder Balkontüre schwingen grüngestrichene Holzjalousien auf, und so können neugierige Nachbarn nicht sehen, was sich in den Zimmern so tut. Komisch –. Ich könnte mir das überhaupt nicht vorstel-

len, Voyeur zu sein an diesem Ort. Durch eine eigenartige Übereinstimmung hat man hier immer das Gefühl, eine große Familie zu sein, in der jeder den anderen leben läßt und keiner daran denkt, den Nächsten zu stören. Das Resonanzgesetz, sage ich nur –. Das Resonanzgesetz, das besagt, daß Gleiches von Gleichem angezogen wird. Paracelsus hatte auch nach diesem Prinzip gearbeitet – nach dem Kälte mit Kälte geheilt wird und nicht mit Hitze. Nach jedem erfrorenen Winterspaziergang die Hände intensiv mit Schnee abreiben wärmt sie besser auf als direkte Hitze, die nur Schmerzen hervorruft – aber – ich bin nämlich eine Arzttochter, und da saugt man so etwas mit der Muttermilch ein, sozusagen. Aber wie auch immer – das Resonanzgesetz sorgt an diesem Ort dafür, daß er ein hermetischer Ort bleibt, der Menschen, die einen anderen Rhythmus haben, gar nicht erst anzieht. Und diejenigen, denen es hier gefällt, bringen auch wiederum nur Menschen hierher, von denen sie wissen, daß sie mit dieser Aura des Friedens und der Lust, die hier herrscht, glücklich sein können. Es ist nahezu ausgeschlossen, daß hier eine Gruppe von Hell-Angels die Füße auf die Tische donnert und ein mitgebrachtes Faß Bier anzapft – um es einmal etwas derb zu formulieren.

Auf der Terrasse dieses Hauses saßen wir nun und überlegten, was wir bestellen sollten. Es ist eigentlich keine richtige Terrasse im klassischen Sinn, sondern von der Hausmauer weg ist ungefähr fünf, sechs Meter weit Kies aufgestreut, und auf diesem Kies stehen die Tische lokker gruppiert. Es sind diese übriggebliebenen Holztische, die man früher überall in den alten Landgasthäusern hatte. Ich meine diese Tische mit den dunkelgrün lackierten Holzbrettern, aus denen die Tischfläche zusammengesetzt ist. Diese Art von Tisch ist es, an dem vier Menschen Platz haben und die man zusammenstellen muß, wenn eine große Gesellschaft Spaß haben möchte. Direkt an der Hauswand, von der man auf den See blicken kann, ist in derselben dunkelgrün lackierten Bauart eine lange, lange Holzbank angebracht, vor der vier bis fünf Tische stehen, und dort liegen auch flache Kissen zum Draufsitzen, und das sind natürlich die beliebtesten Plätze. Und dort saßen wir an diesem Abend und bestellten als erstes eine hausgemachte Fischsuppe. Von diesen Plätzen hat man den schönsten Blick über den See. Man sitzt mit dem Rücken zum Haus und spürt, wie die Wände noch von der Tagessonne strahlen, und weit draußen am See kreisen zwei Möwen auf der Suche nach unvorsichtigen Jungfischen. Am gegenüberliegenden Ufer, das ca. fünf bis sechs Kilometer weit entfernt liegt, sieht man ganz winzige Lichter von einer Ortschaft leuchten, und den Abschluß dieser Postkarte bilden hohe, breite Berge, an denen man ablesen kann, wie das Wetter am nächsten Tag wird. Ich habe diese Kunst von einem Bauern gelernt, der gleich neben dem Hotel seinen Hof hat. Es ist nämlich nicht so, daß glasklar daliegende Berge ein Zeichen für Schönwetter sind. O nein – weit gefehlt –, leichter Dunst muß sie umgeben, dann wird es schön. Leichter, blaugrauer Dunst muß sie unwirklich erscheinen lassen – dann strahlt am nächsten Tag die Sonne. Keine Ahnung, warum das so ist – aber

der Bauer hat sich in dieser Prognose noch nie geirrt. Und so war ich sehr froh zu sehen, daß morgen wieder die Sonne scheinen würde. Am rechten Ufer des Sees war ein langgezogener Hügel, hinter dem jetzt die Sonne einen letzten Strahl hervorschleuderte und versank. Der Ober brachte uns die Fischsuppe und stellte sie vor uns hin. Sie war cremig und heiß, und einige kleine Wacholderbeeren schwammen wie dunkle Perlen in ihr.
»Was möchten Sie als Nächstes?« fragte er.
»Bestell du für uns, du bist hier zu Hause«, sagte mein Liebster, und so bestellte ich eine Lachsforelle vom Rost mit Petersilienkartoffeln und heißer Butter für zwei Personen.
»Darf ich Ihnen dann die gerösteten Mandelsplitter dazu empfehlen?« sagte der Helfer der Sinnlichkeit, und als ich bejahte, begab er sich zurück in das Allerheiligste der Verwöhnung – in die große alte Küche, in der noch ein Riesenherd aus früheren Zeiten in der Mitte stand. So ein Riesending mit einer umlaufenden Messingstange, an der man Tücher aufhängen kann oder Schöpflöffel.
Wir saßen nebeneinander an der Hauswand und blickten über den See.
»Hm...«
»Was denkst du?« fragte er.
»Was ich denke?«
»Ja.«
»Ich denke« – sagte ich, »ich denke, wie lange wir wohl so voller Ruhe bleiben können. So... so voller Liebe...«

»Warum diese merkwürdigen Sätze?«
»Tja, warum... Weil ich hier beinahe schon einmal mit einem Mann gesessen wäre, um auf den See zu blikken.«
»Hm, hm.«
»Stört dich das?«
»Nein.«
»Sicher nicht?«
»Nein – jetzt sitzt du mit mir hier.«
»Ja.«
»Warum bist du nie mit ihm hier gesessen?«
»Weil es schiefgegangen ist.«
»Verstehe...«
Er sagte ›verstehe‹ und drückte meine Hand und blickte wieder hinaus aufs Wasser. Ich war ihm dankbar, daß er nicht weiter fragte und bohrte, sondern vielleicht etwas ahnte und es dabei belassen konnte. Ich verstehe es nicht, um ehrlich zu sein. Nein, ich verstehe es nicht, habe es nie verstanden und werde es nie verstehen, wie das mit der Liebe ist. Wieso sie vorbeigehen kann – obwohl sie doch das ewigste Gefühl ist, das wir kennen. Im Moment, in dem wir es fühlen, ist das Leben ein ewiger Horizont, und doch tauchen plötzlich die Kampfflieger der Normalität auf und schießen die festeste Burg der Zärtlichkeit in Schutt und Asche. – Vielleicht ist es das, was ich nicht verstehe, das in Schutt und Asche schießen, wenn etwas zu Ende geht. So weh es auch tut – vielleicht müssen wir akzeptieren, daß auch die Liebe eine organische Sache ist, wie alle organischen Sachen geboren wird, Höhepunkte erreicht und abstirbt. Was ich nur

nicht verstehen will – und auch nie verstehen werde – ist, daß fast immer mit Haß endet, was so schön begonnen hat. Warum ist das so? Vielleicht, weil es bei einem von beiden früher begonnen hat, zu Ende zu gehen, und der andere sich betrogen fühlt um den gemeinsam erlebten Himmel und mit Wut darauf reagiert, daß es nicht mehr jeden Tag nach Rosen duftet. Vielleicht ist es das. Das grauenhafte Gefühl zuzusehen, wie die Rose verblüht, macht uns ärgerlich und wütend. Und das ist dann der Grund dafür, daß Menschen, die noch gestern eine Wohnung miteinander eingerichtet haben, heute mit Kettensägen das Ehebett und den alten Holztisch zersägen, weil der Scheidungsrichter gesagt hat, daß der Besitz ›zu gleichen Teilen geteilt werden soll...‹ Ist es das – muß es so sein – kann es nicht anders sein... Ich habe mir so sehr gewünscht, daß die Trennungskunst eine genauso hochgeschätzte Kunst sein sollte wie die Liebeskunst. Ist es nicht möglich, wenn sich die Wege schon auseinanderbewegen – ist es nicht möglich, einander zum Freund zu werden – und zumindest gelassen dem anderen und sich selbst zu helfen, wieder allein zu gehen? »Der Schmerz des Verlassenseins steht dem im Wege« – sagte mein Schutzengel in diesem Moment und legte seine heilenden Strahlen um mich, weil er spürte, daß ich drohte, melancholisch zu werden.
»Laß aus«, sagte er zu mir – und zeigte mir einen Vogel, der in einer der Birken am Seeufer dabei war, seinen Ruheplatz für die Nacht aufzuschlagen.
»Laß aus, und mach es das nächste Mal besser.«
Das nächste Mal besser machen – ja – das ist es, was ich

mir immer wieder vorgenommen habe und doch nie wirklich geschafft habe.
Einen Millimeter höchstens ist es mir gelungen, die klassischen Bahnen des Chaos' zu verschieben – aber –
»Das ist auch schon genug«, sagte mein strahlender Begleiter und lächelte mir zu. »Ein Millimeter pro Leben ist genug.«
»Wie soll ich da jemals weiterkommen?« fragte ich ungeduldig.
»Du hast noch viele Leben vor dir«, sagte er lachend und wurde wieder unsichtbar.
Typisch – immer dieses Vertrösten auf später – dachte ich – aber wer weiß... Vielleicht hat er recht, und irgendwann einmal – Äonen später – bin ich durch das irdische Tal der Irrtümer hindurch und werde auch ein Schutzengel, der –
»Genau...«, lachte seine Stimme durch Zeit und Raum und tropfte etwas Leichtigkeit in meine schweren Erinnerungen.
Das Leben ist aber leider nicht ein eingetrockneter gelber Flußlauf hinter Akaba – es dampft und pulsiert und widerspricht sich selbst.
Es widerspricht sich selbst – das Leben – und das ist eines seiner vornehmsten Tugenden, obwohl es als Charakterschwäche gebrandmarkt ist. Kaum ruht der Ball der Lebendigkeit an einem Ort und behauptet von diesem Ort, der einzige Ort im Universum zu sein, an dem man liegen könne – kommt ein Erdbeben und läßt den Ball weiterrollen... Damit er in Bewegung bleibt und seiner Aufgabe gerecht wird, die im Rollen besteht.

Warum nur immer diese Angst vor Veränderungen und Wachheit und Vielfältigkeit?
Sicherheit.
Sicherheit, Sicherheit, Sicherheit.
Das ist das Hauptgebrüll, das in unserer Welt ein nichtendendes Echo hat, und das größte Echo gibt es in den sogenannten Liebesbeziehungen. Dabei sollte doch Lieben bedeuten, glücklich zu sein darüber, daß es dem geliebten Menschen gutgeht. Ist das zu schlicht gedacht? Heißt das nicht allzuoft: Ich möchte ja, daß es ihm gutgeht – aber es soll ihm nur mit mir gutgehen und mit sonst niemandem!
Ist das Liebe oder ist das Egoismus? Ist das Liebe oder ist das Besitzenwollen – Einsperrenwollen – Machtausübenwollen?
Ist die Steinzeit denn immer noch nicht vorbei? Mit all den Männern, die ich bis jetzt gekannt habe, war es dasselbe Spiel. Nein – nicht im üblichen Sinne. Es war nicht so, daß ich stumm daheim saß, während er nach einem Jahr der Zweisamkeit anfing wieder umherzuschauen, ob andere Mütter nicht auch schöne Töchter haben. Nein – so klassisch war es nicht – daß ich ihn daheim erwartet habe mit dem hölzernen Kochlöffel in der Hand. Im Gegenteil. Nach der großen Liebe, in deren Erinnerung ich eben zu versinken drohte, habe ich das Loslassen geübt und habe die Männer loslassen wollen. Ehrlich – ich habe sie ganz einfach loslassen wollen – wenn es sie hinausgezogen hat in den großen dunklen Wald. Ganz einfach – weil ich gelernt hatte, daß es ja ohnehin keinen Sinn hat, den Wind in einen Beutel stecken zu wollen –

oder – wie ein guter Freund einmal formuliert hat: »Keine Lawine läßt sich durch den Satz: ›Achtung, da kommt eine Lawine‹, in ihrer Bahn aufhalten.«
So weit, so gut –. Da bin ich also gesessen und habe toleriert und interessanterweise relativ leichten Herzens. Ein Herz, das nur dadurch schwer geworden ist, daß sie trotzdem immer noch lügen mußten. Ich glaube, zu viel Freiheit ist ein größerer Schock als die Androhung von Gefangenschaft. Ich habe gesagt: »Liebe – und tu was du willst«, und sie haben geliebt und getan, was sie wollten – und mir trotzdem vorgelogen, daß sie mir treu seien. Woran liegt das?
Vielleicht ein zu tief sitzendes Mißtrauen gegen den Zauber der Ehrlichkeit? Vielleicht, weil die Ausritte aus der Burg nur dann Spaß machen, wenn sie verbotenerweise geschehen – wenn sie also Sünde sind –. Wieder einmal stehen wir vor dem Phänomen der zwei Kuchenstücke zuviel... Da wir gelernt haben, daß alles Schöne verboten ist, wird der Anreiz durch das Verbot nur erhöht. Und dieser Anreiz fällt weg, wenn das Verbot wegfällt.
»Der Reiz des Verbotenen« – ein bekannter Schlagsatz. Aber wieviel Reiz des Erlaubten geht dadurch verloren... Wie viele verdorbene Mägen könnten wir uns ersparen, wenn wir erlaubterweise langsam und gut kauend ein Stück Kuchen essen, Zeit haben, um zu genießen, und dann leichten Herzens weiterwandern. Liegt es daran, daß wir den Druck brauchen, um uns von Sünde zu Sünde weiterzubewegen, wie eine Lokomotive den Druck in ihrem Kessel braucht, um ins Rollen zu kom-

men? Ist das nicht fürchterliche Zeitvergeudung? Bis man eines Tages wirklich soweit ist und sich weder von Zuckerbrot noch Peitsche beeindrucken läßt, dann ist man nämlich jenseits von Gut und Böse, und nichts macht einem mehr Spaß. Das ist wie bei den Heiligen, die ihren Status bei genauer Betrachtung ja erst dann erreicht haben, wenn einem schon der Gedanke an Schokoladentorte Übelkeit verursacht. Na gut – sie müssen eben lügen, diese kleinen Sünder, dachte ich und sagte einfach nur »aha« wenn er zu einem Nachtfischen mit Freunden aufbrach.

Es war eigentlich alles ganz einfach. Er ging fischen, ich traf mich hie und da, um zu stricken – nichts hätte reibungsloser laufen können als diese Lady's Agreements. Aber nein. Aber nein – eines Tages fand er heraus, was die Wahrheit hinter meinen selbstgestrickten Pullovern war, und drehte durch. Ich stand fassungslos in der Zimmermitte und sah dieser Michael-Douglas-Imitation zu, die durch meine Wohnung tobte und alles zerkleinerte, was sich bewegen ließ. »Ich bringe ihn um – ich bringe ihn um – ich bringe euch beide um«, schrie er mit hochrotem Kopf völlig unliterarisch und steigerte sich in seine Raserei immer mehr hinein, je ruhiger ich im Auge des Taifuns dastand und zusah. Was bleibt einem denn auch anderes übrig, wenn sie anfangen, männlich zu werden und Gegenstände zu zertrümmern. Das ist ja eine ihrer beliebtesten Übungen, wenn sie sich eigentlich als die Schuldigen fühlen und eine Möglichkeit gefunden haben, dieses Schuldgefühl auf ihre Liebste abzuwälzen. Nur nicht zu nahe kommen in solchen Momenten, ist meine Erfahrung, seit ich einmal selbst Prügel bezogen habe. Ich weiß jetzt, wie sich eine Vase fühlt, wenn sie von männlicher Hand vom Kaminsims geschleudert wird und in tausend Atome zerbricht. Einmal habe ich geglaubt, mitwüten zu müssen mit so einer Krone der Schöpfung – das hat weh getan... Mehr möchte ich dazu nicht sagen. Es hat sehr weh getan, und ich habe lange gebraucht, nicht in völlige Männerhasserei zu verfallen nach diesem Punchingball-Erlebnis. Aber gut. Zurück zur Wahrheit. Sie wird einfach nicht ertragen. Sie wird nicht als Erleichterung empfunden – sie kann nicht gelebt werden.

»Hältst du die Wahrheit aus?« fragte ich meinen Geliebten, der in diesem Moment vom See zurückblickte und mich anlächelte.

»Kommt darauf an.«

»Vielleicht werde ich in Zukunft noch andere Männer lieben außer dir.«

Bist du denn wahnsinnig?! Linda – bist du völlig krank geworden?! Waren zu viele Wacholderbeeren in deiner Fischsuppe, oder ist es dir schon zu gutgegangen, so daß du Eselin hinaus mußt aufs Glatteis, um zu tanzen. Das sagt man nicht – das denkt man nicht einmal – am ersten Abend noch dazu. – Du spinnst ja wohl völlig – aber bitte. Genau das ist ja auch nur ein Beweis für meine Theorie – es muß ja so aus einem herausplatzen, wenn man sich dauernd mit dem Thema beschäftigt und zur Einsicht gelangt ist – nie wieder in Lüge leben zu wollen. Sicher ist er der umwerfendste Mann, dem ich je begegnen bin, zumindest ist er das immer noch an diesem ersten Tag – aber morgen... und gar übermorgen... Wie werden wir in zwei Jahren an diesem Tisch sitzen und auf die Forelle warten –. Weiß man es... Möglich ist alles. Und ich will nie wieder in die verspiegelte Sackgasse der Sehnsucht hineinrasen, und darum muß man alles auf den Tisch legen und – aber Linda, doch nicht beim ersten gemeinsamen Abendessen, wo das Pflänzchen des Vertrauens doch eben erst Wurzeln schlägt. Das ist vorschnell und dumm und –.

»Ich hoffe, daß du alles erlebst, was du willst und was dir guttut.«

War das mein Schutzengel, der sich wieder einmal nicht zurückhalten kann, oder war es mein geliebter Fremder, der das gesagt hatte –. Nein, kein Schimmern an meiner Seite – kein Flügelrauschen – der Sender aus dem Jenseits war nicht anzutreffen, obwohl mir bewußt war, daß er sicher atemlos lauschte. Also war es der lebendige Mensch an meiner Seite, der das gesagt hatte.

»Ich hoffe, daß du alles erlebst, was dir guttut«, hatte er gesagt – und er hatte es so gesagt, daß ich ihm glauben konnte... Mit Ruhe und ohne Hast in der Stimme.

»Warum?«

»Weil ich dich liebe.«

»Wie kannst du das sagen!«

»Was?«

»Daß du mich liebst.«

»Du sagst es ja auch.«

»Ja, aber ich bin mir sicher.«

»Ich auch.«

»Nach so kurzer Zeit?«

»Nach so kurzer Zeit.«
Er sah mir in die Augen, und diese Augen lächelten mich durch 472 Jahre hindurch an, und dann sagten wir nichts mehr, sondern saßen da und hielten uns an der Hand.
»Eigentlich ist das eine völlig dumme Ansicht – daß man nicht schon in der ersten Minute zu einem fremden Menschen sagen kann: »Ich liebe dich« – voreilig heißt das Wort der Sicherheitsingenieure der Beziehungen, die trotzdem täglich ihren Wagen an die Bande krachen. Worauf wartet man denn eigentlich, bis man diesen magischen Satz sagt – welche Sicherheit will man denn haben – welches Sprungtuch will man sich denn selbst aufspannen – denn darum geht es ja bei der Übereinkunft, nicht schon beim ersten Mal zu sagen: »Ich liebe dich.« Ab wann ist denn der andere würdig, diesen Satz zu hören – ab wann hat er denn alle security checks bestanden? Ab einer Woche ohne Irritation – ab einem Jahr – ab der Teilung der Miete plus Beteiligung an den Telefonkosten?! Sind das die Zeichen, daß wir uns ›sicher‹ sein können, diesen Satz der Sätze loszulassen? Eigentlich nur feige, dieses Zögern – und es gilt in Wirklichkeit nur dann, wenn es eine ganz normale Beziehung ist, deren Aufbau man erlebt und deren Dachfirst man dann mit diesem Satz ›ich liebe dich‹ krönt. Wie ein Wetterhahn, der sich ja auch bei jeder Windirritation dreht, wird der Satz dann bei Wohlverhalten nach rechts gedreht und bei bösem Betragen nach links gedreht, Richtung Liebesentzug.
So viel zum Aufbau einer vertraglich geregelten Bezie-

hung – aber bei Liebe? Bei wirklicher Liebe, die kein Abfallprodukt von Gewohnheiten sein sollte, sondern die Ursonne einer Beziehung, die urknallmäßig da ist und von der ersten Millisekunde an alles erhält – da ist doch dieser Satz nur eine fast überflüssige Vokalisierung von dem, was beide wissen, sehen und fühlen. Warum also dann nicht sofort diesen Satz aller Ängstlichkeit zum Trotz dem Liebsten zugeworfen als zusätzliches Geschenk? Wenn diese Liebe, von der ich spreche, da ist – dann beginnt ja gerade deswegen der Aufbau der Realbeziehung und das Teilen der Skiliftkosten und nicht umgekehrt. Angstfrei sein – angstfrei und nicht berechnend – das ist die Aufforderung des Schicksals, wenn wir einmal die Geburt einer Liebe miterleben dürfen – die zwischen zwei Menschen brennt.

Brennt – sage ich – nicht glost – nicht raucht – nein – brennt – so sehr brennt wie ein Steppenbrand in Kansas, wenn die Wirbelstürme das Land zuvor ausgetrocknet haben, so daß ein Funke genügt, und alles steht in Flammen. So sehr in Flammen, wie seine Augen durch mich hindurchrasten und jede meiner Zellen ausdehnten und atmen ließen. Ein Sturm an Lebendigkeit wehte aus seinen Augen hervor und verband sich mit meinen Blicken, die in sein Herz fuhren und dort alle Türen aufstießen, bis es keine Hindernisse mehr gab in diesem Blick. Ich fühlte, wie mein ganzes Wesen sich aufrichtete und diesen Mann ansah, der bei mir war und ohne jeden Zweifel lebte. Er lebte. Das war so klar wie das Wasser eines Gebirgssees, auf dessen Grund man die kleinsten Steine sehen konnte, so durchsichtig waren die Wassermassen.

Diese Augen können nicht lügen, dachte ich, und mußte nicht dabei lachen, obwohl ich diesen Satz schon von irgendwoher kannte. Er sah mich an, und es war wie eine einzige Weite in seinem Blick. Keine Angst, keine Unsicherheit, kein Absinken, kein Zögern.
»Und du?« fragte ich ihn.
»Ich...«
»Was hast du erlebt?«
»Ich bin noch nie hier gesessen – leider.«
»Und sonst –«
Er lachte und löste langsam unsere Umarmung auf, ohne mich dabei zu verlassen.
»Und sonst... da könnte ich viel erzählen... In all den Jahrhunderten sammelt sich so manches an...«
In all den Jahrhunderten – hatte er gesagt. Und mit diesem Satz war plötzlich ein seltsamer Ausdruck über seinem Gesicht gelegen. Es waren plötzlich wirklich Jahrhunderte darin gezeichnet gewesen, und ich war unsicher, ob ich ihn überhaupt hätte fragen sollen – Fragen über seine Herkunft, sein Leben – und –
»Ich bin nicht Lohengrin«, sagte er und war wieder der junge Mann, der mich gestern im Kaffeehaus angesprochen hatte.
»Nein – bist du nicht?!«
»Ich bin der Fliegende Holländer«, sagte er lachend und küßte mich kurz auf den Mund –. »Wenn ich Lohengrin wäre, dürftest du mich nichts fragen – weder, wie ich heiße, noch woher ich komme, noch was ich so vorhabe in meinem Leben – dann – und nur dann könnte ich bei dir bleiben auf ewig.«

»Mein Gott, ist das alles kompliziert mit euch Sagengestalten.«
»Ich bin keine Sagengestalt...«
»Ja – ich weiß.«
»Mein Leben sieht nur anders aus, als man es sich vorstellen kann.«
»Das beginne ich zu ahnen.«
»Du darfst mich alles fragen – du mußt mich sogar alles fragen – aus Liebe – und nur aus Liebe –, dann können wir auf ewig zusammenbleiben.«
»Auf ewig ist eine verdammt lange Zeit.«
»Das ist es – darum solltest du es dir genau überlegen, was du mich fragst – und was du von mir willst...«
Mit dem Satz »Die Forelle bitte sehr« beugte sich der Kellner in diesem kritischen Moment über unseren Tisch und präsentierte auf einer großen silbernen Platte dieses Wunderwerk abendländischer Kochkunst.
Wir nickten dankend dieser Bekanntmachung und beobachteten ihn, wie er mit oft geübten Bewegungen das zartrosa Fleisch von den Gräten hob. Er schnitt dabei am Rücken entlang und legte dann die Seitenteile des Fisches so zügig um, wie man die Seiten eines Buches umblättert. Durch diese schnelle Bewegung löste sich das Fleisch von den Seitengräten und landete auf unseren vorgewärmten Tellern. Auf eine Seite legte er ein paar Kartoffeln neben den Fisch, auf der anderen Seite ein kleines Häufchen gehobelter, gerösteter Mandeln, und zum Abschluß schwenkte er etwas zerlassene Butter über das Ganze, und stellte es vor uns hin.
»Das ist fast zu schön, um anzufangen«, sagte ich und

blickte andächtig auf dieses Gedicht an Düften und Farben.

»Das wäre nicht der Sinn der Sache – alles kalt werden zu lassen«, sagte er und griff zu seinem Messer und seiner Gabel.

»Du hast recht«, antwortete ich, und dann saßen wir eine Weile und aßen langsam, aber ohne uns zu unterbrechen, und stöhnten hier und da vor Wonne und Lust. Wieder ein Teil an ihm, in den ich mich einfach verlieben mußte – er stöhnte ... Er stöhnte leise und mit so einer kleinen Kurve im Ton – so von oben nach unten – das Stöhnen begann gewissermaßen im Hals und rutschte ihm dann in den Bauch – so sehr liebte er sein Abendessen. Ich habe noch nie einen Mann getroffen, der mit einer derartigen Selbstverständlichkeit seine Lust auslebt – und das auf jeder Ebene – dachte ich und stöhnte bei jedem zweiten Bissen mit. Der Fisch war aber auch wirklich ein Wahnsinn –. Das Fleisch war fein wie Marzipan und die Haut knusprig und leicht salzig geröstet. Das Ganze war umrahmt vom Duft der frischen Petersilie, die auf den festen, kleinen runden Kartoffeln lag, von denen ich überhaupt nicht genug bekommen konnte.

Er stöhnte wieder, als er eine Portion von diesen herrlichen gehobelten Mandeln auf seine Gabel schob, auf der vorne eine Kartoffel vor einem Stück steckte.

»Du willst immer alles auf einmal – was?« sagte ich und baute mir auch so einen Bissen zurecht.

»Natürlich – das Leben ist zu kurz für halbe Sachen ... mmm –.«

»Wenn du noch einmal so stöhnst, kommt es mir«, flüsterte ich.
»In Ordnung – . . .«
Er aß langsam mit einer Hand weiter und legte die andere auf mein Bein.
O Gott, ich verschlucke mich an einer Mandel, dachte ich – aber es war nur die plötzliche Welle an Erregung, die mich durchfuhr, als ich seine heiße Hand auf meinem Bein spürte, die er langsam höher schob. Die anderen Gäste waren so sehr mit ihren Spezialitäten beschäftigt, daß sie überhaupt nicht bemerkten, was sich an unserem Tisch abspielte. Gott sei Dank waren unsere Teller noch zur Hälfte voll – wir hatten also noch viel vor uns. Jetzt war er mit seiner Hand unter meinem Rock angekommen und schob mir langsam einen Finger hinein. Ich nahm einen Schluck von dem trockenen Weißwein, den wir bestellt hatten, und trank ganz langsam und ohne abzusetzen Schluck für Schluck das Glas leer, während er seinen Finger in mir hin und her bewegte – ich wurde so wild, daß ich dachte, jeden Moment aufschreien zu müssen, aber das verbot ja die Übereinkunft, daß man in einem Restaurant nur essen sollte und sonst nichts Böses tun. Er saß da und sah so aus, als wäre er nur an seinem Teller interessiert, und ich folgte seinem Beispiel und aß ruhig weiter. Der Wein drang in mein Blut, und ich spürte, wie meine Wangen rot wurden. Das Essen, der Wein, die Lust – alles vermischte sich zu einem einzigen dunkelroten Gefühl, und ohne Vorwarnung – mitten in dem Moment, als ich eine der letzten Kartoffeln in den Mund steckte, kam es mir so plötzlich und stark und

kurz, daß ich lauter aufstöhnte, als ich wollte. Einige Menschen an den Nebentischen sahen herüber, und ich lächelte zurück, und man konnte sehen, daß sie sich ein wenig wunderten.
»Sollte der Kellner doch eine Gräte übersehen haben?«
»Seltsam – in diesem wunderbaren Lokal – kaum zu glauben...«
Ich lächelte und griff zu seiner Hand und schob sie langsam wieder zurück auf den Tisch.
»Phantastisch – nicht? Der Wein ist ein Gedicht...«
Er lächelte mich an, als der Ober kam und die Gläser wieder auffüllte – die leergegessenen Teller abräumte und nach einer Nachspeise fragte.
»Ich bestelle?!«
»Du bestellst.«
»Wir hätten gerne zweimal Marzipanmus mit Amarena-Kirschen«, sagte ich und lehnte mich an die Wand zurück.
»Verrückter Kerl«, flüsterte ich ihm zu und küßte seinen Hals.
»Gott sei Dank...«, antwortete er und stöhnte schon wieder leicht auf. Und in dem Moment schoß mir der Einfall durch den Kopf, ein Lokal im altrömischen Stil zu eröffnen.
»Ich werde ein Lokal im altrömischen Stil eröffnen«, sagte ich und wartete auf seine Antwort.
»Warum?«
»Weil die Menschen dort auf Betten liegen können und vorher, nachher und gleichzeitig zum Essen –«
»Eine phantastische Idee.«

»Nicht wahr...«
»Das Dumme ist nur, daß du sie in Lizenz durchführen mußt, wenn du mit mir kommen willst.«
»Ich komme nachher mit.«
»Das ist leider ein Problem – weil ich immer nur eine Nacht, einen Tag und ein zweites Mal bis Mitternacht Zeit habe, um die Frau, die mich liebt, zu finden und mit auf mein Schiff zu nehmen.«
»So streng...«
»So lautet das Schicksal, das auf mir lastet.«
»Und wenn sich das nicht ausgeht?«
»Dann muß ich wieder sieben Jahre lang umherfahren bis ich wieder hinunter darf zur Erde, um es ein weiteres Mal zu versuchen.«
»So lautet das Schicksal?«
»So lautet das Schicksal.«
»Darfst du es sieben Jahre später mit der gleichen wieder versuchen?«
»Das ist mir noch nie passiert.«
»Was?«
»Daß eine Frau mich nach sieben Jahren wieder gerufen hat.«
»Gerufen?!«
»Ja.«
»Ich dachte, du suchst dir aus, wo du landest?«
»Nein, nein – ich werde gerufen – du hast mich ja auch zu dir geholt...«
»Ich?!«
»Ja, du...«
»Nie im Leben!«

»Doch, du hast mich zu dir geholt, damit du endlich all das erleben kannst, wonach du dich immer gesehnt hast.«
Peng – das saß –. So unverschämt selbstüberzeugt, wie der Satz klang, so recht hatte er doch in diesem Moment, in dem er ihn sagte. Ich hatte mich immer danach gesehnt, endlich einmal nicht allein zu sein mit meiner Lust und meiner Sehnsucht nach Hingabe und Zärtlichkeit und Verrücktheit auf beiden Seiten, und das von Anfang an –. Von der ersten Sekunde an wollte ich das Feuer leuchten sehen, ohne Wenn und Aber, und wollte meine Lust ausleben, wie es mir paßte. Ja, er hatte recht, ich wollte das Mögliche und das Unmögliche – ich – ich hatte ihn geholt. Nur ich. Ich hatte ihn aus meiner Welt geholt, die ich in mir hatte, und hatte ihn vor mich hingestellt und Wirklichkeit werden lassen.
»Für einen Traum sind wir aber sehr real«, sagte ich.
»Das ist kein Traum – alles ist möglich, wenn wir bereit dazu sind... Bist du bereit für den nächsten Schritt?«
»Wie sieht der aus...«
»Das Marzipanmus, bitte schön.« Der Kellner hatte ein Talent – das muß man schon sagen –. Ob ich jemals erfahren werde, wie der nächste Schritt aussieht – dachte ich und schob meinen Löffel in die Schale mit dem Dessert.
»Eine Aufmerksamkeit des Hauses...« Der Kellner war wieder an unseren Tisch getreten und hatte zwei kleine Gläser mit einer Flüssigkeit vor uns aufgebaut – klar wie Wasser. Es war auch ein Wasser – Feuerwasser war es von der besten Sorte. Es war ein duftender, öliger, kla-

rer Vogelbeerschnaps –. Die Krönung sozusagen der hochprozentigen Sünden, und mit seinem herben, bittersüßen Nachgeschmack war er genau das Richtige in der Komposition mit dem Marzipanmus...
Ich nahm einen winzigen Löffel von der Creme und schob ihn in den Mund – und an dem Punkt, an dem sich die Geschmacksnerven an den Eindruck gewöhnt hatten, ließ ich einen Tropfen Schnaps dazurinnen, der die Gewohnheit auf meiner Zunge aufwirbelte. Das ist es – dachte ich – der Tropfen Schnaps, der uns die Behaglichkeit der gewohnten Umstände immer wieder aufwühlt und zwingt, jeden Tag aufs neue aus dem Fenster zu sehen. Das ist es, was uns fehlt. Kaum haben wir das eingegangen, was man eine ›Beziehung‹ nennt.
»Sicherheit, Sicherheit, Sicherheit, Sicherheit...« hallt uns das Echo des Widerspruchs zurück, und da kann ich nur sagen, die einzige Sicherheit, die es in Wirklichkeit gibt, ist die Unsicherheit. Wenn man sich damit einmal angefreundet hat, ist man wieder sicher. Aber was soll's – die Trägheit ist eine nicht zu unterschätzende Kraft, und es wird noch zehntausend Jahre dauern, bis wir alle befreit werden von dem Aberglauben, das Glück läge darin, jeden Tag dieselbe Zeitung aufzuschlagen. Rede ich mir etwas ein?! Unterliege ich einem Zweckpessimismus, der versucht, sich mit der Realität der Welt anzufreunden, weil die wahren Sehnsüchte nicht befriedigt werden?!
»Jedes Glück will Ewigkeit – will tiefe Ewigkeit...«, habe ich einmal bei Hesse gelesen, und damit hat er völlig recht – nur dort steht ›will Ewigkeit‹ – das Glück will

Ewigkeit, das ist klar. Aber er hat nie geschrieben ›Jedes Glück bekommt Ewigkeit‹, weil er nämlich nicht dumm war. Was für ein Ausweg führt aus dieser Not der Kindersehnsucht, die ein ganzes Leben lang enttäuscht wird – enttäuscht vor allem in der Liebe? Gerade in der Liebe, die ja das größte Bollwerk gegen die Einsamkeit sein soll, liegt ja der größte Sprengsatz bereit, der gerade dieses Bollwerk wieder zum Einsturz bringt, der es immer wieder zum Einsturz bringt. Vielleicht ist alles nur eine Frage der Form, vielleicht ist das, was wir uns von der Liebe erhoffen, viel eher in der Freundschaft zu finden? Wer weiß? Gibt es nicht diesen schönen Satz, der da heißt: »Wer die Liebe erfahren durfte, weiß die Freundschaft zu schätzen...«
O Gott, rase ich in die Sackgasse der Genügsamkeit?! Das wäre ein schwerer Fehler an einem so schönen Abend wie heute. Nein – es ist nicht mit den sauren Trauben zu vergleichen, was ich meine. Eher schon mit vergleichenden Feldstudien. Ich habe zum Beispiel eine Freundin – man sagt dazu die beste Freundin, und wir kennen uns jetzt schon über zehn Jahre. Das ist eine lange Zeit, wenn man bedenkt, wie viele ewige Lieben in so einer Zeit vor die Hunde gehen, nicht? Und in diesen zehn Jahren ist unsere Freundschaft immer schöner, tiefer und vertrauter geworden, weil wir Veränderungen zugelassen haben, weil wir der Lebendigkeit keinen Riegel vorgeschoben haben. So einfach es klingt, so einfach war es auch in Wahrheit. Wir haben viele gemeinsame Stufen miteinander genommen und sehr viele Stufen ganz alleine –. Sie war einmal sogar ein Jahr lang im

Ausland, und ich habe nur eine einzige Postkarte bekommen, auf der draufgestanden ist, ›kein Schwanz ist so hart wie das Leben‹ –. Das war alles. Aber ich wußte – sie lebt. Sie atmet, und sie hat zumindest in dem Moment, in dem sie die Karte aufgegeben hat, an mich gedacht. Verdammt noch mal – darum geht es doch, oder? Daß man aneinander denkt und die Beziehung nicht unterbricht – wenn die Distanzen zwischen den Händen auch noch so groß sind. Sie ist wiedergekommen nach diesem Jahr und hat an meiner Türe geläutet – ganz einfach geläutet, und dann haben wir eine Flasche Rotwein aufgemacht und uns umarmt und all die Geschichten erzählt, die in diesem kurzen langen Jahr geschehen sind. Das ist es doch – darum geht es doch – das ist doch die Ewigkeit, nach der wir uns alle sehnen, oder spinne ich schon?! Nein – ich spinne nicht. Das Traurige an der Geschichte ist nur, daß ich diese Kontinuität, dieses Vertrautsein, diese Zärtlichkeit immer nur mit einer Freundin erlebt habe. Es ist die Wahrheit. Was soll ich machen. Und es ist auch eine Wahrheit, daß ich deswegen immer versucht habe, die Männer, die ich gekannt oder geliebt habe, zu meinen Freunden zu machen. Zu meinen Freunden, denen nichts wichtiger ist, als daß es mir gutgeht. Auch dann, wenn ich Dinge tue, die sie nicht begreifen. Selbst dann, wenn ich Schritte in meinem Leben setze, die sie überhaupt nicht begreifen und die vor allem ohne sie gegangen werden, selbst dann sollte doch die Liebe in der Freundschaft und die Freundschaft in der Liebe bestehen bleiben – dachte ich – und denke ich immer mehr.

Wahrscheinlich liegt es daran, daß die Freundin niemals hundert Prozent von meinem Selbst möchte. Das ist wahrscheinlich der Hauptgrund, daß man so gelassen mit Freundinnen erleben kann, was mit Männern einfach nicht möglich ist. Die liebste Freundin erlebt siebenunddreißig Prozent oder einundfünfzig Prozent oder manchmal gar sechsundachtzig Prozent von meinem Leben, und das genügt –. Wir teilen das, was zu teilen ist, und verlangen nicht mehr.
Wir verlangen eigentlich überhaupt nichts, und vielleicht ist das das Zauberwort: ›verlangen‹...
Die Männer wollen alles, immer – gleich, sofort, rund um die Uhr. Sie sehen dich, sie wollen dich – sie müssen dich erobern. Sie räumen alles aus deinem Leben, was dich bisher interessiert hat, und machen sich breit. Gnade Gott, es gibt irgendwelche anderen Männer, mit denen du dich gut verstehst. Duelle mit Äxten wäre das Richtige für sie, um dich ganz alleine zu ihrem Besitz zu machen. Da das aber aus der Mode gekommen ist, wird eben so lange Psychodruck gemacht, bis du nicht mehr mit Johannes ins Kino gehst oder mit Peter hie und da zum Skilaufen fährst. Dabei war es nie etwas Sexuelles mit den beiden – nein – sie waren einfach nur da und ein Teil des Lebens –. Ein kleiner Teil, der dein Rad rund gemacht und geölt hat, damit es besser rollen kann –. Das Rad deines täglichen Lebens. Weg damit – raus aus dem Fenster – hinweg –. In dem Moment, wo die große Liebe in dein Leben tritt, sollst du keine anderen Götter mehr haben neben deinem Herrn und Meister –. Selbst, wenn es nur kleine Hilfsengel sind, die das Leben ein-

fach bunt machen – von Göttlichkeit weit entfernt – hinweg – hinaus und über die Klippe gestoßen. Der neue Hahn hat seinen Platz auf dem Hügel bezogen und muß dort alleine krähen und die Verfügungsgewalt über dein Leben haben. So ist es doch in Wahrheit, liebste Schwestern – das ist bei allem Softie-Gemauschel immer noch ihre innerste wahre Triebfeder, und sie setzen alles daran, dich zu fesseln und deiner vielfältigen Kontakte zu berauben, die für dich deine Freiheit bedeuten. Ganz einfach, weil das Wort ›Verlangen‹ noch nicht aus unserer Erlebniswelt gestrichen worden ist. Bei einer Freundin ist mir das noch nie passiert. Eine Freundin würde mich auch nie emotional erpressen. Das ist nämlich eine ganz beliebte Variante, die sie ausrollen, um an ihr Ziel des schrankenlosen Herrschens über dein Leben zu gelangen. Mit den Jahren hat sich nämlich doch eine gewisse Unabhängigkeitsbewegung breitgemacht, die nicht mehr bereit ist, jedes Hemd zu bügeln, das am Dienstag morgen unter dem Waschtisch liegt, nicht jedes direkte oder indirekte Fahrverbot, das darauf hinausläuft, daß du Johannes nicht mehr treffen sollst, obwohl ›Batman I‹ im Kino um die Ecke wiederholt wird, hat Aussicht, befolgt zu werden.
Gott sei Dank übrigens wird ›Batman I‹ wiederholt – ›Batman II‹ war scheußlich... einfach unappetitlich dieser eklige Pinguinmann, dem dauernd schwarzes Blut aus dem Maul trieft... ekelig.
Aber gut – ein typischer Fall von Hybris nach dem Erfolg von ›Batman I‹.
Aber wie auch immer – du bist stark geworden und willst

die schleppenden Blicke ignorieren, die dich dafür bestrafen sollen, daß du Johannes noch immer nicht aus deinem Telefonbuch herausgerissen hast –. Du willst dich fertigmachen, um zu gehen – peng – eine Magenkolik.

Eine Magenkolik bricht aus und zwingt den Liebsten mit eiserner Faust auf den Teppich im Wohnzimmer, wo er mit schmerzverzerrtem Gesicht sitzen bleibt und stöhnt.

»Geh nur, du kommst sonst zu spät ins Kino. Ich werde schon allein fertig mit dem Sterben...«

Also zum Telefon.

»Johannes, ich kann heute leider doch nicht – ja – vielleicht übermorgen – ja – schade – ja...«

So, dann sitzt man da und flößt dem Liebsten Tee ein und bringt ihm eine Wärmeflasche ins Bett und einen Toast mit Sardinen, die er eigentlich gar nicht essen dürfte – aber plötzlich ist die Kolik irgendwie besser geworden und das Sterben vertagt. Was sehen wir? Es haben sich nur die Mittel verändert, mit denen sie ihr Ziel erreichen wollen – nicht aber das Ziel. Und das Ziel heißt nach wie vor – Besitz.

Ich will sie alleine besitzen und meine Genetik fortpflanzen. So einfach ist die Lösung dieses Rätsels, warum sie seit neuestem so oft Magenbeschwerden haben. Meine Freundin hat das nicht. Meine Freundin hat eine blühende Gesundheit, und es würde ihr nicht im Traum einfallen, mich von irgend etwas zurückzuhalten, was ich tun möchte. Im Gegenteil – man wäre ja geradezu verblödet, wenn man dem geliebten Menschen die Flügel

stutzen möchte. Was hätte man denn dann – einen Papagei im goldenen Käfig, der gerade noch dazu fähig ist, seinen eigenen Namen zu krächzen – basta.
Nein danke –. Meine Freundin tut so etwas nicht, und darum sind wir auch eines Tages zusammengezogen und haben uns gegen diese zweibeinigen Urwaldbewohner verbündet, die sich von da an ihren Tee alleine kochen konnten. Es war eine phantastische Zeit, und sie hatte ihren Anfang in der Nacht genommen, in der sie nach ihrem Jahr der Abwesenheit plötzlich vor meiner Türe stand. Meine Christine – meine liebe, geliebte Christine.
Nein – sie gehört mir nicht – aber ich habe sie eben so sehr lieb, daß ich meine Christine sagen muß – meine liebe, kluge Christine.
Sie ist nämlich Psychologin, und die sind alle klug.
Also Christine zum Beispiel war sehr klug –. Ich habe nächtelang mit ihr vor dem Kühlschrank gesessen und Parmesan gegessen und Rotwein getrunken, der von der gestrigen Party übriggeblieben war. Ein Jahr lang haben wir alles geteilt, was sich so teilen läßt, und das war eine ganze Menge, bis auf – bis auf die Männer – die haben wir nicht geteilt – bis auf... also bis auf ein Mal – da waren wir dazu einfach in sehr guter Laune und... Also, das war so –.
Sie war doch damals nach dem Jahr, in dem sie woanders gewesen war, vor meiner Türe gestanden, und dann haben wir gelacht und uns umarmt und Rotwein getrunken. Am nächsten Morgen haben wir beschlossen, daß sie bei mir einziehen wird, weil sie keine Wohnung hatte

und keine Lust, wieder zu ihren Eltern zu ziehen – bis sie eine neue Bleibe gefunden hatte. Gut – wir haben also gelebt, gelacht und Wohnungen gesucht – mit nicht sehr viel Antrieb, muß ich sagen, weil wir eigentlich gar nicht wieder auseinander wollten – aber gut. Wir sind alle drei, vier Wochen einer Annonce nachgegangen und haben uns Wohnungen angesehen. An einem Tag lese ich in der Zeitung: »Kleine romantische Gartenhausetage zu vermieten, Telefon-Nummer 5342618.« Gut, wir rufen an – wir fahren hin – wir sehen uns das kleine romantische Gartenhaus an. Es war wirklich sehr romantisch – am Stadtrand, mit Schindeldach und Balkon... So ein Überbleibsel, das noch keiner Autobahnbrücke zum Opfer gefallen war. Der Vermieter war ein junger Mann, ein Student, der das Haus von seinen Großeltern geerbt hatte und ganz einfach Mitbewohner suchte, um nicht so einsam zu sein. Am fernen Stadtrand. Er wohnte unten, mit direktem Zugang in den Garten, und außen am Haus führte eine überdachte Treppe hinauf in den ersten Stock. Dort waren zwei Zimmer und ein kleines Bad. Die Küche war in seiner Abteilung, die man sich hätte teilen müssen. Christine war sehr verliebt in das Ganze, aber unentschlossen. Ich wußte nicht genau, ob sie mehr in das Haus oder in den Jungen verliebt war, weil, zum Schluß der Besichtigung sagte er: »Wollen Sie nicht noch auf ein Glas Wein bleiben – dann können wir die Konditionen besprechen.« Die Konditionen – süß. Süß – er war überhaupt ein sehr süßer Junge, das muß ich schon zugeben. Und daher habe ich mich nicht gewundert, daß Christine so schnell: »Aber ja, gerne«, gesagt hat. Es war ein heißer Sommertag, und im Garten vor dem Häuschen stand ein Liegestuhl. So ein alter klassischer Liegestuhl mit zwei Stoffbahnen zwischen den Hölzern in den Farben rot-gelb-weiß, mit einem Wort ›süß‹.

»Haben Sie Lust, sich ein wenig zu sonnen?« fragte er, und Christine sagte: »Leg dich doch in die Sonne – wir können ja inzwischen drinnen über die Konditionen sprechen.« Ich liebte sie. Ich liebte das Zittern in ihrer Stimme, wie sie das Wort ›Konditionen‹ sagte und wie in ihren Augen ein Spruchband aufleuchtete, auf dem ich lesen konnte – ›Gib mir eine halbe Stunde Linda... Gib mir eine halbe Stunde‹. »Gut, ich lege mich in die Sonne«, sagte ich, und zog meinen Pullover aus.

»Gehen wir hinein«, sagte der Blonde zu Christine, und dann lag ich alleine in der heißen Sonne – nach einer Weile wurde es heißer und heißer, und ich mußte meine Jeans ausziehen und dann meinen BH und dann mein Höschen, und dann lag ich da und begann langsam zu verbrennen und ließ meine Phantasie laufen, um mich abzulenken. Waren sie unter der Dusche – lagen sie irgendwo auf einem Teppich im ersten Stock – oder... Ich hielt das nicht mehr aus und stand auf. Es war ja ohnehin so heiß geworden, daß es ein Verbrechen gegen die Gesundheit bedeutet hätte, noch länger ungeschützt im Freien zu bleiben. Australische Zustände, sage ich nur – australische Zustände. Ich stand also auf und ging leise ins Haus. Die Terrassentür stand offen, und in seinem Wohnzimmer war es still und leer. Auf dem Eßtisch lag ein Mietvertrag und ein Kugelschreiber, aber von einem

Gespräch über die Konditionen schienen sie plötzlich abgehalten worden zu sein. Ich ging weiter und hörte plötzlich ein leises Stöhnen. Das war meine Christine. Ich hörte ihre Stimme aus der Küche kommen und bog vorsichtig um die Ecke. Sie saß auf einem Küchenstuhl und hatte ein Bein auf die Tischplatte gelegt und das andere auf seine Schulter. Das konnte sie deswegen machen, weil er vor ihr kniete und sie zwischen den Beinen küßte. Es war ein herrliches Bild... Beide waren sie ganz nackt und ineinander verkrallt, das heißt, Christine war ganz nackt. Er hatte seine weißen Sommerhosen bis zu den Knien heruntergeschoben, so daß ich seinen festen runden Po sehen konnte. Und wenn ich mich zur Seite drehte, konnte ich auch sehen, daß er sie bis jetzt nur geküßt hatte, weil er einen riesigen Steifen hatte, der nur darauf wartete, in meine Christine einzudringen. Er sonnt sich ohne Badehose, dachte ich – weil die braune Farbe seines Rückens nahtlos in seinen Po überging, und das war ein wunderschöner Kontrast zu seiner leichten, weiten Sommerhose. Er hatte die linke Hand um Christines Rücken geschlungen, und mit der rechten rieb er sich seinen Schwanz und gleichzeitig versank er mit seinem Mund immer tiefer zwischen ihre Beine. Christine hatte beide Hände in seine Haare gewühlt und preßte seinen Kopf immer mehr in sich hinein. Ich stand da und sah ihnen eine Weile atemlos zu, bis Christine meinen Blick spürte und die Augen öffnete. Wir sahen uns an, und ich sah, daß sie ein Spruchband laufen hatte auf dem stand: ›Komm her, komm her...‹ Ich kam einen Schritt näher und fragte mit meinen Augen – ›Wirklich – soll ich...‹ Und sie antwortete: ›Jetzt oder nie... jetzt oder nie...‹ Ich kann meiner Christine keinen Wunsch abschlagen, also ging ich näher und kniete mich hinter ihn, nahm vorsichtig seine rechte Hand und bog sie ihm auf den Rücken. Er zuckte kurz auf, aber Christine hielt seinen Kopf fest, und wahrscheinlich war er schon so in Trance, daß er gar nicht mehr wußte, was mit ihm geschah. Er blieb vor Christine knien und stöhnte nur laut auf, als ich mit meiner linken Hand seinen Arm auf seinem Rücken festhielt und mit meiner rechten langsam anfing, seinen Schwanz zu streicheln. Es war ein herrliches Gefühl, diesen schönen jungen Mann so wehrlos vor mir knien zu sehen und ihn dabei wahnsinnig zu machen, während er Christine wahnsinnig machte. Offensichtlich tat er das, weil sie immer lauter stöhnte, und daraufhin massierte ich seinen Schwanz um so zarter und gleichzeitig drängender, bis er es nicht mehr aushielt und sich aufrichtete und sich in Christine hineinschob. Er hielt die Stuhllehne fest, und Christine umarmte ihn, und so ineinander verkrallt konnten sie auch Gott sei Dank nicht umfallen. Ich streichelte seinen Rücken und seinen festen Hintern und dachte, so sieht das also aus, wenn man gebumst wird. Ich kniete mich wieder hinter ihn, zog ihm seine Hose ganz aus und schob seine Beine auseinander. Mit beiden Händen streichelte ich ganz vorsichtig die Innenseite seiner Oberschenkel und sah zu, wie er daraufhin immer wilder und wilder wurde, und dann war er soweit, und es kam ihm so lange und so zitternd, und er schrie so laut auf, daß ich Angst hatte, die Nachbarn würden die Polizei alarmieren. Also stand ich auf und hielt ihm meine Hand vor den Mund, so daß er nun mehr stöhnen konnte. Dann schob ich ihm einen Finger in den Mund und spürte, wie er daran saugte und saugte, um sein Schreien nicht mehr so laut herauszulassen. Über eine Minute lang muß es ihm gekommen sein, dann wurde sein Zucken langsamer, und seine Zunge wurde wieder weich, und dann sank sein Kopf auf Christines nackte Brust. Natürlich war sie nackt, meine geliebte Freundin – weil es wirklich einer der heißesten Tage des Jahrhunderts gewesen sein mußte. Langsam rutschte er wieder aus ihr heraus und rollte auf den Küchenboden. Da lag er jetzt – hingegossen wie Adonis. Er war ein schöner Mann – das muß man sagen –, obwohl ich diesen Ausdruck hasse – und obwohl es eigentlich nichts Peinlicheres gibt als sogenannte ›schöne Männer‹. Aber der – der war wirklich schön. Er hatte unglaublich schmale Hüften und schöne starke Oberschenkel und schlanke Waden und nicht zu viele Muskeln. Seine Muskeln waren schon zu erkennen, aber sie waren nicht so idiotisch heraustrainiert wie bei den üblichen Typen, die jeden Dienstag und Freitag, wie gesagt, zu den Gewichten rennen, damit sie hinterher so aussehen, als seien sie eigentlich Wildjäger und nicht harmlose Autoverkäufer. Na gut. Aber der sah nicht so aus, und so lag er vor uns und atmete tief ein und aus –. Einen Arm hatte er über das Gesicht gelegt – das rechte Bein lag angewinkelt am Boden, das linke hatte er gerade ausgestreckt. Ich sah zu Christine, die auf ihrem Stuhl eben wieder aus der Ohnmacht erwachte und mich anlächelte. Sie streckte beide Arme nach mir aus, und so ging ich zu ihr, und dann umarmten wir uns. Ich stand neben ihr und hielt sie fest, und sie legte ihren Kopf gegen meinen Bauch, und ich konnte spüren, wie heftig sie immer noch atmete. »Mir geht's so gut«, sagte sie, und ich streichelte ihr über das Haar, ihr wunderschön duftendes Haar – auch ein Grund weniger, Konkurrentinnen zu sein. Eine Blonde wie ich und eine dunkle – da gibt es keine Platzkämpfe – meistens zumindest...

»Schau, wie er daliegt«, sagte sie, und unser Adonis lag immer noch am Boden und sah uns nicht an. Träumte er etwas, das wir nicht wissen sollten? Warum hat er den Arm über den Augen, dachte ich, und in dem Moment stand Christine auf, nahm ein Tuch, das auf dem Tisch lag, und kniete sich neben seinen Kopf. »Bleib ganz ruhig«, sagte sie, als er sich kurz bewegte, und dann wikkelte sie ihm das Tuch um den Kopf und band es so fest, daß er nichts mehr sehen konnte. So lange hat er dort gelegen mit seinem Arm über dem Kopf, um nicht gesehen zu werden – jetzt hatten wir es ihm nur einfacher gemacht. »Ich werde alles mit dir tun, was ich will«, flüsterte Christine in sein Ohr, und als er stumm nickte, holte sie ein zweites Tuch und band seine Hände fest zusammen und hob sie ihm über seinen Kopf –. Dann stellte sie ein Tischbein zwischen die gefesselten Hände, so daß er sich nicht mehr bewegen konnte. Sie setzte sich mit weit geöffneten Beinen auf seine Brust und streichelte langsam seinen Bauch. Er begann wieder zu stöhnen und öffnete seine Beine. Ich stellte mich über ihn und fuhr langsam mit meinem Fuß über seine Hüften und seinen Nabel und seine Oberschenkel. Er streckte

immer wieder seine Beine und zog sie an und streckte sie, so als wollte er im Liegen weglaufen, und nach ein paar Minuten wurde sein Schwanz langsam wieder größer. Christine beugte sich vor und nahm ihn vorsichtig in den Mund und schob dabei gleichzeitig ihr Becken hoch, so daß er sie küssen konnte, während sie an ihm saugte. Sie bewegte langsam ihr Becken in die Höhe, so daß er seinen Kopf ganz hoch strecken mußte, um sie zu erreichen. Dann setzte sie sich wieder ganz auf sein Gesicht, so daß er fast keine Luft bekam. Sie richtete sich auf und sah mich an... Ich stieg über ihn und ließ mich langsam auf seinen Schwanz herunter und holte ihn in mich hinein – er seufzte auf und fing an, Christine noch mehr zu küssen, und gleichzeitig stieß er sein Becken immer wieder in die Höhe, so daß ich mich an der Tischkante festhalten mußte, um nicht abgeworfen zu werden. Ich spreizte meine Beine, so weit es ging, und spürte, wie ich langsam anfing zu kommen, und dann platzte ich genau in dem Moment, in dem auch er kam, und dann war auch Christine dabei, und es war uns völlig egal, ob jetzt irgendwer die Polizei verständigte oder nicht...
Danach lagen wir alle drei am Boden, und ich glaube, ich bin sogar eine Zeitlang eingeschlafen, weil ich wie aus einem Traum aufwachte und mir etwas zu trinken holen mußte. Ich stand in der Terrassentüre und trank aus einer Flasche Orangensaft. Ich trinke sonst nie aus der Flasche, weil das nämlich eine ganz ganz schlechte Erziehung ist. Aber es war irgendwie völlig richtig, an diesem Tag und in diesem Moment schlecht erzogen zu sein. Als nichts mehr in meiner Flasche war, ging ich zu-

rück in die Küche. Christine hatte ihm schon seine Fesseln abgenommen, und sie standen an den Kühlschrank gelehnt und küßten sich. Als sie mich kommen hörten, öffneten sie ihre Umarmung und nahmen mich zu sich. So standen wir da und sagten nichts. Das war auch gut so. Denn was hätte man in so einem Moment schon sagen sollen. Am Abend zogen wir uns wieder an, bestellten ein Taxi und fuhren heim. Christine hatte sich mit einem langen Kuß von ihm verabschiedet und gesagt: »So schön die Konditionen sind – ich kann das Haus leider nicht nehmen.«

So war das damals, und es war völlig klar, daß wir ihn nie mehr wiedersehen würden. Das geht auch nicht – es geht nicht... Man zerstört nur alles, wenn man versucht, solche Momente wiederzubeleben oder gar zu wiederholen. Es bekommt dann so etwas unnötig Peinliches und Kaltes, und das wäre unwürdig. Ich weiß nicht, welche Sternenkonstellationen dafür verantwortlich sind, daß zwischen Menschen in ganz seltenen Momenten die Schranken fallen, die ununterbrochen zwischen uns und unseren Trieben stehen. Ich weiß nur, daß das eine so seltene Konstellation ist, daß ich mir denke, vielleicht ist da ein Sternenbild beteiligt, von dem wir noch gar nichts wissen.

Ja – Christine...

Ein Jahr lang haben wir miteinander ganz dicht verbracht, und dann hat sie doch eines Tages ihre eigene Wohnung gefunden und ist ausgezogen –. Aber niemals – niemals, nie ist sie aus meinem Herzen ausgezogen – so wie die Männer immer wieder ausgezogen sind, mit de-

nen es doch eigentlich so viel inniger ist als bloß mit einer Freundin...
Sie ist ausgezogen, und nur die Qualität hat sich verändert – die Qualität unserer Freundschaft hat sich immer mehr vergrößert. Wo ich gehe und stehe, weiß ich, daß ich eine Freundin habe, die zu mir hält. Die hält – das ist das Wort – die nichts verlangt – nur hält...
Von welchem Mann konnte ich das schon sagen.
Na gut – aber sie haben ja auch andere Gehirne – die nicht so gut verkabelt sind wie die unseren. Die Frage ist nur, wie man damit umgehen soll, daß sie so ganz anders sind als wir.
Zurück zur Großfamilie?
Ich weiß es nicht.
Frauenhaus – Männerhaus?
Ich habe so viele Versuche beobachtet rings um mich herum, und letzten Endes sind sie alle gescheitert, weil ihnen die entscheidende Dimension der Freundschaft gefehlt hat.
»Bist du mein Freund?« fragte ich den Mann neben mir – diesen eigenartigen Fliegenden Holländer, mit dem alles auf eine kaum zu beschreibende Weise anders war.
»Bist du mein Freund?«
»Ich hoffe, daß ich es werden kann.«
»Willst du es werden?«
»Ja, das möchte ich sehr gerne.«
»Auch wenn ich Dinge tue, die du nicht verstehst, wirst du zu mir halten?«
»Ich denke, das ist der Sinn einer Freundschaft.«
So einfach sagte er das – so einfach sagte er: »Ich denke,

das ist der Sinn einer Freundschaft...« Und recht hatte er damit. Der Sinn einer Freundschaft ist es, zusammenzuhalten, wenn man den anderen nicht mehr versteht. Ja – zusammenhalten, wenn er sogar Dinge tut, die man im Traum nie tun würde – dann muß man zusammenhalten. Vielleicht macht der Freund oder die Freundin gerade ein Experiment durch, das sie an die Grenzen ihrer Person treibt. Vielleicht besteigt sie einen seelischen Achttausender ohne Atemgerät, und dann braucht sie ein Basislager, wenn sie zurückkommt, in dem ein Spirituskocher brennt und eine Kartoffelsuppe brodelt. Man muß nicht alles verstehen, was der liebste Freund tut – man muß ihm eine Kartoffelsuppe kochen, wenn er von den Expeditionen aus fernen Landen zurückkehrt.

»Ich werde dir immer eine Kartoffelsuppe kochen«, sagte ich und sah ihm fest in die Augen.

»Wirklich?«

»Wirklich.«

»Ich weiß, was das bedeutet«, sagte er, und nach einer langen Pause küßte er mich, ohne auf die anderen Gäste zu achten, für die wir mittlerweile die Attraktion des Abends geworden waren. Das ist ein eigenartiges Phänomen – das mit der Ausstrahlung, meine ich. Auf unbekannten Bahnen vollzieht es sich, daß aus Menschen, die eben dabei sind, etwas Richtiges zu erleben, goldene Aurastrahlen herausbrechen, die alle, die in ihre Nähe kommen, bemerken und davon angezogen werden. Das Glück, das ein Mensch empfindet, wenn er mit seinem Wesenskern in Harmonie schwingt, verbreitet sich um ihn wie ein unsichtbarer Ton, ein Ton, den alle hören

können. Aber eine Erklärung dafür können sie nicht finden. Man muß einfach hinsehen, wenn man Menschen begegnet, denen es gutgeht, weil sie zufällig einmal für ein paar Momente lang alles richtig machen, weil ihre Saiten richtig gestimmt sind und die Raumtemperatur angenehm ist. Unsere Raumtemperatur war perfekt an diesem Abend. Die Menschen um uns herum begannen zu lächeln, wenn sie uns zusahen, und das war ein Zeichen, daß wir etwas erlebten, das gut war, gut und richtig. Es war gut und richtig, mit diesem Mann hier zu sitzen und zu verschmelzen, ohne sich dabei zu verlieren.
»Das ist das Wort«, sprach mein Engel in diesem Augenblick.
»Was für ein Wort?« fragte ich und sah, wie er weit draußen über dem Wasser schwebte, obwohl seine Stimme wie immer in meinem Kopf war.
»Das Wort ist – ich verschmelze, ohne mich zu verlieren... Das, Linda, das ist das Wort – darauf hast du so lange gewartet und gehofft... Das ist das Wort – verschmelzen, ohne sich zu verlieren...«
Sein Bild verschwand über dem See, und auch in meinem Kopf wurde es nach einem kurzen Echo wieder still. Er hatte völlig recht. Ich verlor mich nicht in diesem Mann, und das war der noch nie erlebte Unterschied zu all dem, was vor ihm gewesen war. Entweder war ich verwundbar gewesen, wenn ich mir eingebildet hatte, jemanden zu lieben, oder aber ich blieb unbeteiligt und sah zu, wie mein Körper Übungen erlebte, die sehr viel mit Gewohnheit zu tun hatten, aber doch recht wenig mit dem, was man Hingabe nennt. Bei ihm war das alles

zum ersten Mal anders. Ich war mit ihm und spürte ihn, und ich war in ihm, und er war in mir. Und gleichzeitig verlor ich nicht die Koordinaten im Kopf, die die Landkarte meines persönlichen Lebens waren. Mein Leben, mit all den Flüssen und Hügeln und Tälern und Schluchten, aus dem mein Leben, die Landschaft meines Lebens besteht.

All das löste sich nicht auf, wenn ich ihn küßte –. Nein... Im Gegenteil –. Ich hatte das Gefühl, daß ich immer klarer wurde, je mehr ich zuließ, daß sein Wesen in mich hineinflog.

Ich wurde gewärmt und gehalten, und gleichzeitig fühlte ich, wie meine Flügel sich immer wieder öffneten und ich aufschweben konnte, um mich selbst zu überblicken.

Ganz klar und deutlich sah ich mein eigenes Leben vor mir liegen. Ich sah meine Wünsche und meine Sehnsüchte, meine versteckten Leidenschaften und meine Absichten.

Meine Absichten...

Sollte es nicht die große Schule des Lebens sein, letzten Endes absichtslos geworden zu sein? Kein Erreichenwollen – kein Habenwollen, kein Treffenwollen? Diese Absicht hatte ich aber immer in meinem Leben, wenn ich ehrlich bin. In Wirklichkeit wollte ich immer etwas ganz Bestimmtes um jeden Preis erreichen, und letzten Endes hat mir das Ziel immer wieder eine lange Nase gemacht und mich ausgelacht, weil mich der Wunsch, unbedingt zu treffen, verkrampft hat. Ich war verkrampft bei den Männern, die ich vor ihm in meinem Leben kennengelernt hatte, weil ich zutiefst in mir irgendeine Absicht

hatte, weil ich zutiefst drinnen etwas wollte von ihnen. Von dem einen wollte ich es auf Teufel komm raus erzwingen, daß er mir treu sein würde, obwohl ich schon beim ersten Kennenlernen an seiner Art zu lächeln erkannte, daß das nie der Fall sein würde. Trotzdem – trotzdem setzte ich alles daran, um meinen Willen durchzusetzen. Und wenn ich ehrlich bin, war ganz tief in mir auch eine gefährliche Lust am Leiden daran beteiligt. Jerry Hall hat einmal in einem Interview gesagt, die einzige Art, einen Mann zu halten, sei es, ihm jederzeit einen zu blasen, wann immer er es wolle. Selbst wenn man beim Kochen steht, sollte man die Milch überbrodeln lassen, wenn der einzige es möchte und auf die Knie gehen und ihm einen runterholen...
Na gut – dachte ich mir – wenn Jerry Hall das sagt, und der ist es ja immerhin gelungen, Mick Jagger zu fesseln... dann wird schon was dran sein. Also ging ich, so oft es mir einfiel, auf die Knie und lutschte ihm – er hieß übrigens Michael –, und lutschte ihm einen runter. Das wird ihn davon abhalten, ihn nach dem Kegeln der Kellnerin reinzustecken, dachte ich mir jedesmal, wenn er aus dem Haus ging, und an der Art, wie er lächelte, wenn er vom Sport zurückkam, erkannte ich, daß ich mich geirrt hatte. Also legte ich einen Gang zu –. Das, was ihn irrsinnig anturnte, waren Strapse und Stöckelschuhe...
Mein Gott – das gehört ja mittlerweile zur Standardausrüstung –. Aber als ich ihn kennenlernte, war ich noch etwas scheuer, als ich es jetzt bin. Und das erste Mal fühlte ich mich schon wie im Red-light-Distrikt, als er mich auf den Fußboden zerrte und, ohne die Hose aus-

zuziehen, vergewaltigte. Es war nur ein erster Versuch, den ich an diesem Abend gestartet hatte. Aber ich muß seit damals sagen, daß die Sexualität mancher Männer wirklich etwas von Knopfdruck-Mechanik an sich hat. Er saß an dem Abend im Wohnzimmer und betrachtete irgendeine Peep-Show auf irgendeinem Kanal, der mit seinen Tittengirls dem anderen Kanal mit seinen Tittengirls die Zuschauer wegnahm. Ich stand im Badezimmer und hörte die Kennmelodie der Früchteshow, in der es um Äpfel und Birnen und Melonen ging, und streifte langsam, um sie nicht zu zerreißen, meine sündteuren schwarzen Strümpfe über meine Beine. Ich hakte sie an den umständlichen Strapshaltern ein und rutschte dann mit meinen Füßen in die nagelneuen glänzenden Stökkelschuhe, die so hoch waren, daß ich kurz davor war, vornüber zu fallen. So angetan, wackelte ich ins Wohnzimmer und baute mich in der Türe auf.

»Na, läuft was Interessantes im Fern–«

Weiter kam ich nicht mehr mit meinem Satz – weil er schon auf mich zugerast war, den Hosenschlitz aufgeknöpft hatte und ihn mir ohne Anlauf hineinsteckte. Gott sei Dank hatte mich der Gedanke an seine Geilheit schon angeturnt, so lange ich noch im Badezimmer gewesen war. Denn so ohne jede Vorbereitung kann das ganz schön wehtun. Aber, wie gesagt – ich war schon feucht genug, und so lag ich plötzlich auf dem Bauch und betrachtete das Muster in meinem Indianerteppich, während er wie ein Stier in mich hineinstieß. Immer wieder und wieder –. Dabei rief er ununterbrochen: »Dir zeig ich's, du geile Drecksau – dir zeig ich's...!«

Fast hätte ich lachen müssen, weil es wie ein Monolog aus einem billigen Sexfilm klang. Aber an der Art, wie er mich nagelte – anders kann man nicht nennen, was er tat –, an der Art also, wie er mich nagelte, konnte ich erkennen, daß es kein Spaß für ihn war. Ich zog es also vor, nicht zu lachen, sondern spielte ihm einen herrlichen Orgasmus vor, weil ich wußte, daß ihn das so erregte, daß er immer kurz danach kommen mußte. Man erkennt ja auch an einem Zahnstocher, aus welchem Baum er geschnitzt ist – wenn man sehenden Auges ist. Ich erkannte, daß er ganz einfach ein Sexmonster war, und trotzdem wollte ich nicht danach handeln –. Man kann diese Kerle mit dem gewissen frechen Grinsen niemals dazu bringen, ein treuer Ehemann zu sein, der die Pfannen abwäscht und zu Hause bleibt. Das geht nicht. Und zutiefst unten weiß man es, noch bevor man sich mit ihnen einläßt. Trotzdem habe ich den klassischen Mechanismus in Gang gesetzt und ihn zähmen wollen. Meine Absicht war es, aus dem jungen Wolf, den ich in meinen Garten geholt hatte, ein zahmes Schoßhündchen zu machen. Erstens kann das nicht funktionieren, zweitens frage ich mich – warum man überhaupt möchte, daß es funktioniert. Das, was mich in dieser Zeit an genau diesem Typen fasziniert hatte, war ja, daß er ein junger Wolf war, der kein anderes Gesetz kannte als den Geruch von frischem Fleisch. Genau das war es ja, weswegen ich ihn haben wollte, weil ich zu diesem Zeitpunkt nicht geehrt, verwöhnt und zärtlich behandelt werden wollte. Ich wollte tief drinnen keinen Ryan O'Neil-Aufguß, der an meinem Bett kniete, wenn ich Kopfweh hatte. Ich wollte ein hemmungsloses Tier, das mich in Strapsen auf dem Fußboden durchvögelt, mich liegenläßt, das Haus verläßt – die Nachbarin durchfickt und ohne zu duschen wiederkommt und mich ein zweites und ein drittes Mal fertigmacht. Ja – so etwas gibt es. Und dieser Wahrheit muß man in die Augen sehen und nicht immer auf der ›Zärtlichkeit und gegenseitigen Achtung-Harfe‹ herumklimpern. Unangenehm ist es nur, wenn man in dieser Phase steckenbleibt. Weil, mit der Zeit gehen die vielen Dessous, mit denen ich ihn halten wollte, ganz schön ins Geld. Nun gut – meine Absicht war, ihn zu ändern – wider besseres Wissen und jetzt... Jetzt sitze ich hier und sehe in mich hinein und habe keine Absicht. Ich stelle fest, daß ich zum ersten Mal in meinem Leben keine Absicht habe – schon gar nicht, diesen Mann hier neben mir festzuhalten oder Dinge von ihm zu fordern, die er nicht in sich trägt oder die er zur Zeit nicht will.

So wie es zum Beispiel mit Andreas war.

Ein irrsinniger Mann... Aber er wollte keine Kinder.

»Noch nicht«, hat er immer gesagt: »Später – wenn wir beide sicher sind, vielleicht. Aber jetzt ist es mir noch zu früh...« Feigling, habe ich gedacht und ihn auf Teufel komm raus immer dann wahnsinnig gemacht, vor Lust, wenn ich Eisprung hatte. Irgendwann einmal hat er angefangen mitzurechnen – ist dahintergekommen, warum einmal im Monat an bestimmten Abenden die Wohnung voll war von brennenden Kerzen und leiser Musik, und hat mich verlassen. Ja – so einfach war das –. Er hat mich sang- und klanglos in derselben Nacht verlassen, und ich

bin alleine dagesessen mit meinem Champagner und meinem dünnen Negligé und der mißglückten Absicht, so schnell wie möglich Mutter zu werden.
Aus der Traum – dachte ich. Und war insgeheim doch recht froh, daß er nicht der Vater meiner Kinder geworden war, weil er einen schrecklichen Ordnungstick hatte. Schrecklich – ganz schrecklich –. Er kaufte immer zehn Hemden auf einmal und zwanzig Paar Socken und zwanzig Unterhosen und stapelte alles sauber-ordentlich, – quadratisch-praktisch-gut – im Kasten.
»Das spart Energie«, sagte er dann immer milde lächelnd, und von so etwas wollte ich, daß er der Vater meiner Töchter und Söhne werden sollte –. Nie und nimmer. Warum eigentlich – warum wollte ich es so sehr. Ganz einfach – weil er beim ersten Gespräch über dieses Thema ausgewichen war, und ich meinen Kopf durchsetzen wollte. Ja, so ehrlich möchte ich heute zu mir sein und zugeben, daß ich ein Dickschädel bin und voller Absichten, anstatt einfach eine junge Frau, die erlebt, was möglich ist.
»Bist du stolz auf dich«, sagte ich zu meinem Schutzengel, und als Antwort hörte ich ein feines Lachen.
›Der hat Humor‹, dachte ich. Entkörpert und jenseitig ist es ein Leichtes, absichtlos dahinzuleben –«
›Hast du eine Ahnung, wie schwer es ist, auf dich aufzupassen...‹, lachte er in diesem Moment in meine Gedanken hinein.
»Ein Leben lang schon achte ich auf dich, ob du wachst oder schläfst...«
Das hatte ich nicht bedacht. Ein Schutzengel ist ja im-

mer bei einem – egal, ob man ihn bewußt wahrnimmt oder nur erahnt. Immer – egal, ob man wacht oder schläft...

»Ist es denn so schlimm mit mir?«

»Nein«, sagte er, »es wird besser und besser.«

»Ja?«

»Ja – du bist dabei, deine wirklichen Möglichkeiten zu erahnen.«

»Meine wirklichen Möglichkeiten?«

»Ja – du läßt langsam deinen Willen hinter dir und lebst das, was wirklich möglich ist...«

Er hatte recht. Natürlich hatte er wie immer bei meinen letzten Erinnerungen gelauscht. Aber trotzdem war es so, daß er recht hatte. Ich wollte nichts. Ich hatte nichts vor. Keine Absicht trieb mich an, schneller oder langsamer zu sein, als das Tempo, das angesagt war. Ich saß neben einem Mann, von dem ich nicht viel mehr wußte, als daß er am Leben war und auf eine unbeschreibliche Weise dafür verantwortlich war, daß es mir gutging.

Das war es – und war das denn nicht genug? Ich saß da und wollte nicht wissen, was er so tat, um an sein Geld zu kommen – ob er verheiratet oder geschieden war – ob er eine Lebensversicherung hatte und wenn ja, in welcher Höhe –. Ich hatte keine Veranlassung, darüber nachzudenken, was morgen sein würde oder ob es heute nacht doch noch regnen würde. Ich saß einfach da und hielt seine Hand und blickte in die Kerze, die der Ober vor einer halben Stunde vor uns hingestellt hatte.

»Ich bin am Leben mit dir«, sagte ich und lehnte meinen Kopf an seine Schulter.

»Und ich mit dir.«
»Wollen wir an den See gehen?« fragte ich, und dann standen wir auf und gingen zum Ufer. Der Mond stand rund wie ein Tropfen aus Honig über den Bäumen, und das Wasser war pechschwarz.
»Ich möchte sehen, ob ich es noch kann«, sagte er, ließ mich los und bückte sich hinunter zu den Steinen, die am Ufer lagen.
»Aha – der könnte gut sein...«
Er nahm einen flachen, sehr runden Stein und schleuderte ihn waagerecht auf den See hinaus. Eins, zwei, drei, vier... fünf, sechs... sieben Mal tanzte er über das Wasser, dann versank er und schickte viele hundert Wellenkreise an das Ufer.
Das Spiegelbild des Mondes löste sich zitternd auf, und mit einem Mal waren zwanzig kleine Monde an der Stelle, an der eben noch ein einziger gestanden hatte.
»Es geht noch«, lachte er und legte wieder seinen Arm um mich.
»Wann hast du das letzte Mal geworfen?«
»Ach, das ist eine Ewigkeit her«, sagte er und blickte zum Mond empor.
»Was meine Männer jetzt wohl tun...«
»Suchst du dein Schiff«, sagte ich, und verliebte mich mehr und mehr in dieses zauberhafte Spiel, das wir jetzt schon einen Tag lang durchhielten. Bis jetzt hatte es noch keinen Riß in der Inszenierung gegeben, und es hätte mich überhaupt nicht gewundert, wenn plötzlich ein Windjammer mit mächtigen geblähten Segeln über die Scheibe des Mondes gezogen wäre.

»Sie sind dort oben und warten auf mich... Ich habe nicht mehr viel Zeit.«
»O du Ärmster.«
»Im Moment bin ich nicht arm...«
»Warum nicht?«
»Weil ich dich gefunden habe.«
»Du wirst nie wieder arm sein.«
»Ja?«
»Ja.«
»Wir werden sehen.«
»Was meinst du?«
»Heute nacht mußt du dich entscheiden, ob du mit mir kommen willst oder nicht.«
»Heute nacht?«
»Bis Mitternacht muß ich auf meinem Schiff zurücksein – mit oder ohne dir.«
Er hielt es wirklich durch. Das war bewundernswert. Kein Zucken in seinen Augen. Nicht das kleinste Lächeln, das man doch üblicherweise in den Augen hat, wenn man ein Spiel bis zum äußersten treibt.
»Bis Mitternacht ist noch sehr viel Zeit...«
»Ich weiß.«
»Ich denke, ich möchte, so lange ich kann, mit dir zusammensein«, sagte ich und versuchte, keine Sekunde lang zu lügen. »Du bist der wunderbarste Mann, der mir je begegnet ist, und ich erlebe jeden Augenblick mit dir wie eine Ewigkeit...«
»Meine Ewigkeit wird durch dich zu einem Augenblick...« sagte er und küßte mich.
Was macht man mit so einem Mann?

Ich liebe Romantik, und er scheint es irgendwie in meinem Paß gelesen zu haben, den ich vermutlich im Hotelzimmer habe fallen lassen.
»Wir könnten hier übernachten«, sagte ich, nachdem wir mit diesem Kuß zu Ende gekommen waren.
»Ich möchte nicht mehr fahren heute nacht – noch dazu, wo wir ja nur noch ein paar Stunden haben – bevor du wieder zum Mond fliegst.«
»Heißt das, daß du nicht mit mir kommst –«
»Das heißt, daß ich mich unendlich auf ein Frühstück mit dir freue – morgen früh – dort auf der Terrasse – mit Blick auf den See und total verliebt.«
»Du läßt mich also wieder gehen...«
»Ja, mein Geliebter, ich lasse dich gehen – um Mitternacht zum Mond zu fliegen ist nicht so günstig.«
»Nein?«
»Nein.«
»Also gut – dann werde ich dich ins Bett begleiten...«
»Das hoffe ich doch.«
Er nahm mich so zart wie noch nie zuvor um die Schultern und dann wanderten wir noch eine Weile am Seeufer entlang, bevor wir zum Hotel zurückkehrten. Sie hatten ein Zimmer frei, und auch dieses Detail paßte so perfekt in den Abend wie der Espresso, den sie uns nach dem Dessert serviert hatten und der so schwarz und stark war, daß der Löffel darin steckenblieb.
Das Bett war groß und breit, das Bettzeug duftete nach der klaren Luft, die hier in der Nacht über dem See lag und schon seit ich denken kann auf dieselbe Art und Weise duftete.

»Ich war hier als Kind«, sagte ich, als wir das Licht ausgemacht hatten und nebeneinander lagen.

»Ja?«

»Ja.«

»Ich habe hier meine Freunde gehabt und meine Freundinnen, und im Sommer haben wir auf der Wiese gespielt, und hier in diesem See habe ich schwimmen gelernt.«

»Erzähl weiter.«

»Ich habe hier schwimmen gelernt, und hier habe ich auch in einer Nacht den ersten Kuß meines Lebens bekommen.«

»Erzähl.«

»Es war ein furchtbar heißer Sommer – so heiß, wie es unser Sommer ist –, und wir Kinder haben uns immer in der Nacht am See getroffen, um Piraten zu spielen.«

»Piraten?«

»Ja, Piraten. So was Ähnliches wie du.«

»Aha.«

»Ja – wir haben uns also getroffen und in mehrere Gruppen aufgeteilt und versteckt. Und dann wurde zuerst immer einer ausgelost, der die anderen suchen mußte.«

»Aha.«

»Ja – und an diesem Abend habe ich mich mit einem Jungen gemeinsam versteckt – zwischen zwei hohen Büschen – die waren ungefähr dort, wo du heute einen Stein geworfen hast.«

»Aha.«

»Ja – und da haben wir uns also versteckt und gewartet.«

»Wie alt warst du?«

»Ich war... warte einmal... ich glaube, ich muß sieben oder acht Jahre alt gewesen sein.«
»Hm, hm.«
»Da sind wir also in unserem Versteck gesessen und haben gewartet, ob man uns findet oder nicht. Ich kann dir sagen, es war das tollste Versteck von allen – weil die Büsche so offen auf der Wiese standen, daß kein normaler Mensch sich dort versteckt hätte.«
»Verstehe.«
»Gut – wir sitzen also so da und waren ganz eng aneinandergedrückt, damit man uns so wenig wie möglich sieht. Er hatte seine Arme so um mich gelegt, wie du es immer tust – weil ich nämlich meinen dunklen Pullover vergessen hatte.«
»Dunkler Pullover?«
»Na klar, zum Versteckenspielen zieht man doch logischerweise dunkle Pullover an, um nicht gesehen zu werden.«
»Verstehe.«
»Er hat also seine Arme um mich gehalten, und mit seinem Kopf war er ganz dicht an meiner Wange.«
»Und dann –«
»Dann habe ich ihn plötzlich angeschaut, weil er so gut gerochen hat.«
»Wonach?«
»Nach Sommer –«
»Wie riecht Sommer?«
»Sommer riecht nach Heu und Wasser und Wind und Blüten – und ich schaue ihn also an, und dann haben wir uns geküßt.«

»Einfach so –«
»Einfach so –. Und dann bin ich weggelaufen vor lauter Aufregung, und am nächsten Abend haben wir uns wieder getroffen und wieder geküßt. Und es war fast so schön wie mit dir.«
»Ich liebe dich.«
»Ich liebe dich auch.«
Ich lag in seinen Armen und hatte meinen Kopf auf seine Brust gelegt. Das Fenster stand offen, und ein sanfter Wind blähte die dünnen, durchsichtigen Vorhänge auf, und ich sah diese Wolke, die sich langsam über den Mond schob wie um ihn zuzudecken. Die Grillen, die in den Bäumen saßen, machten Musik, und unten knirschte der Kies, weil der Ober die letzten Lichter löschte und die Stühle zurechtrückte. Langsam hörte ich, wie der Atem meines Liebsten tiefer und tiefer wurde und sein Körper sich mehr und mehr entspannte.
»Schläfst du schon...«, und er sagte nichts. Er schläft, dachte ich, und in diesem Moment sagte er ganz leise »Leb wohl...«
Er träumt schon, dachte ich und spürte, wie der Schlaf sich auch langsam auf mich herabzusenken begann.
Gute Nacht, heißt das – mein Liebster – und nicht Leb wohl..., dachte ich und schlief langsam und mit einem Lächeln ein.

Am nächsten Morgen erwachte ich von der Sonne, die ihre Strahlen flach auf das Bett warf, und er war weg. Ich lag eine Zeitlang da und sah auf das Kissen, das neben mir lag und in dem ich noch den Abdruck seines Kopfes sehen konnte, und auch sein Geruch war noch in der Decke, und irgendwie hatte ich das Gefühl, als hätte ich ihn eben noch gespürt, wie er meine Stirn geküßt hatte und gegangen war.
Wahrscheinlich schwimmt er ein wenig im kühlen See vor dem Frühstück – sagte ich zu mir, als ich mich anzog. Und dann ging ich hinunter und kam an die Stelle, an der wir gestern abend noch Steine geworfen hatten.
Nichts – der Strand war menschenleer –. Nur weit draußen auf dem Wasser lag das Boot eines Fischers, der seine Netze auswarf.
Ich ging eine Zeitlang auf und ab, und dann setzte ich mich ans Ufer und wartete...
Niemand kam.
Nach einer Stunde ging ich zum Hotel zurück und bestellte Kaffee und Brot und Butter. Aber ich bekam keinen Bissen hinunter. Der Kellner sah mich auch so merkwürdig an und lächelte so seltsam, daß ich ihn fragen mußte, ob er meinen Mann gesehen hatte.

»Nein – es tut mir leid. Sie sind die erste heute morgen. Es ist ja auch noch sehr früh...«
Er hatte recht – es war noch sehr früh – also blieb ich sitzen, bis es Mittag war und dann noch eine Weile und noch einen Gedanken lang, bis ich mir sicher sein mußte, daß er tatsächlich verschwunden war.
Was gab es noch für Möglichkeiten...
Die Stadt! Er war schon in die Stadt – wie, weiß der Kuckuck – und dort wird er mich überraschen und im Caféhaus sitzen oder auf dem Zimmer warten. Ich bezahlte, setzte mich in mein Auto und raste zur Stadt.
Im Café war niemand, und als ich den Portier nach dem Herrn aus Zimmer 231 fragte, sagte er: »Sie sind doch gestern gemeinsam abgereist, gnädige Frau – das Zimmer ist schon bezahlt...«
»Gnädige Frau«, sagte er zu mir – sehe ich aus wie Barbara Bush – was soll der Schwachsinn –. Ich setzte mich in die Halle in einen der riesigen weichen Fauteuils und versank in den Kissen und in der Erkenntnis, daß er wirklich und wahrhaftig verschwunden war.
Ich war gelähmt vor Staunen und vor – ja, was war das für ein Gefühl – war das Angst, Traurigkeit – ich weiß es nicht genau. Ich weiß nur, daß eine unendlich große Leere plötzlich in mir war und eine absolute Stille.
Eine Stille, wie ich sie noch nie zuvor erlebt hatte.
Ich kann es kaum – doch – es ist so, wie wenn man auf dem Land bei Fremden übernachtet, und einige Kilometer weit weg führt eine Autobahn durch den Wald.
Den ganzen Tag über liegt das Summen der Autos unter allen anderen Geräuschen, unter jedem Gespräch, unter

jedem Klappern einer Kaffeetasse, unter jedem Rauschen der Bäume, liegt dieser unentwegt brummende leise Ton, der so andauernd da ist, daß man ihn überhaupt nicht mehr wahrnimmt. – Und plötzlich sitzt man mitten in der Nacht kerzengerade im Bett und erschrickt wie aus einem Alptraum, weil irgend etwas entsetzlich anders ist. Man hört den eigenen Atem – bildet sich ein, Schritte ums ganze Haus zu erahnen, wagt kaum, mit der Bettdecke zu rascheln, und auf einmal weiß man, was es ist –. Der Brummton ist weg. Es fahren keine Autos mehr, es ist zum ersten Mal wirklich still. Diese Stille ist so wuchtig, daß sie einen aus dem tiefsten Schlaf reißen kann – so sehr fehlt dieses Grundgeräusch in der Palette der Töne. So war es auch jetzt –. Ich war fassungslos, wie still es plötzlich war, wie lärmend, brüllend, tosend still. Seine Nähe hatte einen ununterbrochenen Klang gehabt. Seine Hände, seine Augen, einen ununterbrochenen Ton neben mir gespielt, der völlig unabhängig davon war, ob er etwas sagte oder nicht.

Er war wie der fehlende Ton zu meinem Ton. Und erst zusammengespielt waren wir ein Akkord gewesen, und jetzt war es still ohne ihn. Jetzt war ich nur noch ein einzelner Ton ohne Antwort und ohne Begleitung, jetzt war ich allein.

Ich saß da und blickte auf meine Hände und wußte, daß das keine vorübergehende Irritation war. Ich wußte, daß er sich keinen Scherz erlaubte, daß er nicht plötzlich durch dringende Geschäfte weggerufen worden war. Nein – er wird nicht in einer Stunde um die Ecke auftauchen und sagen: »Darf ich Anker werfen – schönste

Dame« – Er wird sich nicht neben mich in das andere weiche Sofa lümmeln und sagen: »Du wirst mit jeder Minute schöner –« so laut, daß der Portier schmunzeln müßte. Es wird nicht geschehen.
Ich saß da und sah auf meine Hände und wußte nicht, was ich tun sollte. Ich blieb sitzen und sah den Gästen zu, die zur Türe hereinkamen und an der Rezeption eincheckten. Ich beobachtete Paare, die im Lift verschwanden, und sah, daß sie nicht sofort übereinander herfielen. Ich spürte, wie der Portier immer öfter einen fragenden Blick zu mir schickte und schließlich sagte: »Darf ich Ihnen etwas servieren lassen – gnädige Frau.«
Sie brachten mir einen Armagnac, und schon der Geruch hat mir weh getan. Und so hielt ich das Glas in den Händen und wartete, bis der Alkohol verdunstet war, ohne daß ich einen Tropfen getrunken hatte.
Warum?
Das war die Frage, die übrigblieb – warum?
Warum? Was war hier los?
Was ist geschehen? Warum? Warum gestern um dieselbe Uhrzeit dieses Glück und nun diese Leere? Warum dieses Geräusch einer Fliege, die gegen das Glasfenster dort drüben summte, und warum das laute Ticken der großen Uhr neben der Rezeption, das ich gestern nicht gehört hatte.
Warum war er gegangen. Warum? Es kann doch nicht im Ernst so sein, daß er wollte, daß ich mit ihm komme – ich weiß ja nicht einmal, wo er wohnt, wie weit weg seine Stadt liegt und was er so treibt den ganzen Tag. Und was hätte ich denn tun sollen –. Alles aufgeben – alles hinter

mir lassen und auf Gedeih und Verderb zum Mond fahren? Das war ja eine tolle Geschichte mit dem Schiff und dem Mond. Aber mir scheint, er hat diese Metapher ernst gemeint. Mir dämmert langsam, daß er das ernst gemeint hat mit dem Wegfahren. Er wollte wirklich, daß ich alles liegen und stehen lasse und mit ihm komme. So wie im Film.

Ja, um Gottes willen, wir sind aber nicht im Film. Ich bin Linda Rosenbaum aus Fleisch und Blut, und ich habe noch einiges zu erledigen im Leben, das wichtiger ist, als mit dem wunderbarsten Mann der Welt fortzuziehen nach...

Warum eigentlich...?

Warum hatte ich Wichtigeres zu tun und vor allem – was?

Was war denn so wichtig, daß es wichtiger war als seine Brust in der Nacht zu spüren und die Hand auf seinem Bauch liegen zu haben am Morgen und nach dem ersten Kuß noch einmal einzuschlafen.

Mein Leben – mein Leben ist wichtiger –. Meine Wohnung, meine Kleider, mein Studium, mein zu ergreifender Beruf... Meine Freunde, mein Auto, meine Miete, meine Strafzettel hinter dem Scheibenwischer. Außerdem – warum ist er denn nicht bei mir geblieben und hat sein Leben um hundertachtzig Grad verändert. Warum hat er denn nicht alle Zelte abgebrochen und ist mir gefolgt – altbiblische Scheiße. »Dort, wo du hingehst, da will auch ich hingehen...« Das gilt nicht mehr, Freunde, und wenn, dann gilt es zumindest zu fünfzig Prozent für beide Teile. Selbst wenn er aus Visconsin stammen sollte und ich aus Rouen, gibt es keine Ausrede. Wir können uns auf halbem Weg auf den Azoren treffen und eine Schafzucht aufmachen. Selbst im weitesten Ozean ist eine Insel.

Es gibt auf dem Planeten keine geographische Ausrede. Jeder kann jedem auf halbem Weg entgegenkommen. Basta. Es tat weh – es tat höllisch weh, und ich hätte alles darum gegeben, wenn ich dieses Gefühl hätte aus mir herausschrauben können – gegen den Uhrzeigersinn herausschrauben und wieder harmlos und störungsfrei sein, wie ich es noch gestern war.

Es ging nicht.

Es war da...

Und es tat weh.

Es tat höllisch weh, und ich saß da, die Uhr tickte und tickte, und das Sofa, auf dem ich saß, begann mich langsam aufzufressen. Also stand ich dann irgendwann auf und ging nach Hause. Die Straßen waren schon leer, weil alle Menschen, die einander etwas zu sagen hatten, schon irgendwo beim Essen saßen oder ins Kino gegangen waren oder sonst irgend etwas taten, das schöner war, als allein durch die Stadt zu irren. Was ist das Gute an der Situation – dachte ich, als ich meine Wohnungstür aufsperrte und mich in der Küche auf den Boden setzte.

Ich habe einmal ein Seminar für positives Denken mitgemacht und das Vaterunser, das sie uns dort mitgegeben hatten, war diese Frage: »Was ist das Gute an der Situation?«

Ich saß auf meinem Lieblingsplatz neben dem Kühlschrank und hatte keine Ahnung.

Was soll man auf eine so saublöde Frage auch antworten, wenn man verlassen worden ist. Wenn man geglaubt hat, zum ersten Mal im Leben jemanden getroffen zu haben, mit dem es nicht nötig ist, ›erst einmal die Begriffe zu klären‹ – bevor man ein Glas Wasser bestellt. Es war nicht nötig gewesen mit ihm – weil unsere Begriffe seit Jahrhunderten dieselben gewesen waren.
Also was ist das Gute an der Situation, von einem Mann verlassen worden zu sein, der völlig darauf vertraut, daß ich schon das Richtige bestellen würde? Welcher Mann tut denn so etwas – noch dazu am ersten Abend, wo die meisten doch nur damit beschäftigt sind, damit anzugeben, daß sie Wachtelbrüstchen auf französisch bestellen können... Ich hasse Wachtelbrüstchen.
Also, was ist gut daran? Was ist gut daran, nie wieder mit einem Mann Essen gehen zu können und ihn anhimmeln zu können, weil er nicht so tut, als würde er etwas vom Wein verstehen. Nie wieder könnte ich so tun, als wäre es interessant zu hören, auf welchem Erfolgsquotienten der Raketenkurs der Karriere eines Bettnachbarn liegt – nie wieder könnte ich ertragen, daß jemand neben mir schnarcht. Ich dachte mir, sie schnarchen alle – ich dachte, das sei so, wie das Amen im Gebet und würde erst aufhören, nachdem die Engländer Gibraltar an Spanien zurückgegeben hätten. Wir wissen, daß das nie geschehen wird, folglich hatte ich alle Hoffnung aufgegeben, bis er neben mir lag und zwei Nächte lang nicht geschnarcht hatte –. Nein – nicht geschnarcht – nicht ein bißchen, und das soll jetzt aus meinem Leben verschwunden sein? – Diese Erlösung –. Was ist das Gute an dieser Situation?!

Ich saß da und versuchte, ruhig zu bleiben. Es tat scheußlich weh im Herzen, sich vorzustellen, daß er wirklich für immer verschwunden sein sollte. Also fing ich an, mir Rettungsanker zu basteln, an denen ich mich festhalten konnte.
Gott sei Dank ist das schon jetzt geschehen – war einer dieser Rettungssätze, und nicht erst in zwei Jahren oder nach sieben Monaten oder so. Das wäre wirklich übel –. Ich hätte auch gar keinen klaren Kopf mehr gehabt für mein Studium, und außerdem wäre mein Bett zu schmal gewesen in meiner kleinen Wohnung um...
Und...
Dann war mein Kopf plötzlich leer, und mein Herz war leer, und die Hände und die Haut und die Augen, und meine Lippen, mein Körper und meine Seele und mein Geist war nun mehr ein einziger Ruf nach dem Ende dieser Ausreden. Ich schlang meine Arme um meine Knie – legte den Kopf darauf und konnte endlich anfangen zu weinen.

Ich sitze da und schaue dem Kellner zu, wie er etwas Mineralwasser in mein Campariglas schüttet. »Danke, genug –« sage ich an dem Punkt, an dem zweimal so viel Wasser wie Campari im Glas ist, und er geht wieder weg.
Ich sitze da und blicke auf den Fluß, der immer noch so langsam und breit durch meine Stadt zieht, und muß lachen.
Diese Nacht damals vor sieben Jahren war eine der traurigsten Nächte meines Lebens.
So einfach kann man das sagen. Sie war die traurigste Nacht meines Lebens, weil ich den roten Faden zum Glück noch nie so zum Greifen nahe gehabt hatte und weil er mir weggezogen wurde, ehe ich die Augen ganz offen hatte, um ihn wirklich zu erkennen.
Jetzt bin ich sieben Jahre älter und einige Versuche, das Glück zu finden, weiter, und so vieles hat sich verändert, daß man wirklich froh sein kann, daß der Campari noch immer so schmeckt, wie man es von ihm erwartet. Das ist ja der Sinn und das Geheimnis hinter den traditionellen Dingen auf diesem Erdball – daß sie einem zeigen, daß Ewigkeit möglich ist, wenn man nur tagein, tagaus dieselben Zutaten verwendet. Tagein, tagaus dieselben

Kräuter verarbeitet, und ein Aperitif von Weltformat schmeckt heute genauso wie vor sieben Jahren, und das ist ein kleiner Trost –. Eine kleine Konstante in dieser sich ununterbrochen verändernden Welt... Droht ein philosophischer Anfall? – Nein – nur ein kleiner Hauch von Sentimentalität, aber das wird doch am 20. August erlaubt sein – oder? Ich sitze da und habe alles so arrangiert, wie es damals war. Derselbe Tisch... derselbe Stuhl... derselbe Blick auf den Fluß... Alles ist so wie damals an diesem unglaublichen Tag, an dem er in mein Leben getreten ist. Mein Fliegender Holländer...
Jesus – was war das damals für ein Fest... Jetzt kann ich darüber lachen. Damals dachte ich, die Welt öffnet ihren Rachen und verschlingt mich vom Erdboden. Gott sei Dank ist das nicht geschehen. Gott sei Dank überlebt man alles – wie meine Großmutter immer zu sagen pflegte.
Was war das Gute an der Situation?
Ich habe damals, als ich ihn verloren habe, keine Antwort gefunden. Es konnte keine Antwort darauf geben, so lange ich bei jedem Mann, dem ich begegnete, nur sein Bild vor Augen hatte. Jeden Ton, jede Bewegung einer neuen Begegnung verglich ich mit ihm, mit seiner Art zu gehen und zu stehen, zu lachen und zu essen, und diese ununterbrochenen Vergleiche hatten überhaupt nichts Schönes und Gutes an sich – es war nur schmerzhaft. Schmerzhaft, in der Nacht aufzuwachen und seine Augen zu sehen, schmerzhaft, sein Lachen zu hören, das im Raum lag, wenn irgendwo an einem Nebentisch gelacht wurde – wenn auf diese falsche gesellschaftliche

Weise gelacht wurde, die so gar nichts mit seiner Art zu lachen zu tun hatte. Aber mit der Zeit begann dieser Vergleich zu dem zu werden, was das Gute an der Situation war. Langsam schweben zwei Möwen über den Fluß, suchen unvorsichtige Jungfische an der Oberfläche... Das Kaffeehaus ist sehr voll, und Gott sei Dank beginnen die ersten Gäste zu gehen und sich in irgendwelche Kinos oder Restaurants zu flüchten, so daß ich ungestört weiterträumen kann.
Der Vergleich mit ihm war – wie gesagt – in den folgenden Jahren das Gute an der Situation. Bis zu seinem Erscheinen in meinem Leben hatte ich immer irgend etwas in Kauf genommen. Ich hatte in Kauf genommen, daß Ungenauigkeit und Lieblosigkeit überspielt wurden und daß ich mich damit abgefunden hatte, daß das Leben so ist, wie es ist.
Das war der eine große Fehler meines Lebens gewesen. Der zweite Fehler waren meine Projektionen.
Ich hatte bis zu seiner Landung an meiner Bucht immer einen Projektor eingeschaltet, mit dem ich die Bilder meiner Sehnsucht auf beliebige Personen werfen konnte – so lange, bis ich wirklich glaubte, dem Osterhasen gegenüberzustehen, obwohl doch nur ein Igel meinen Weg gekreuzt hatte. All das verschwand am Tag, an dem er aus meinem Leben verschwunden war.
Ich sah alles klarer und deutlicher. Ich wußte, daß ich mich kurz in eine Art zu gehen verliebt hatte, wenn ich mich kurz in eine Art zu gehen verliebt hatte, und machte nicht mehr daraus. Ich wußte, daß ein charmantes Gespräch bei einem Abendessen die Einleitung dar-

stellte, mich ins Bett zu kriegen, und ich ließ mich auch kriegen, wenn ich es wollte. Aber ich fiel nicht mehr bereitwillig auf jede hübsch bemalte Fahne herein, mit der man mich in den Hangar lotsen wollte.
Ich wurde nach den dunklen Wolken des Schmerzes wieder klar – nein – ich wurde nicht wieder klar – ich bin zum ersten Mal in meinem Leben klar geworden. Das ist die Wahrheit. Der Schmerz, der in mir tobte, war der Beginn einer langen Reise Richtung Wahrheit – und das war das Gute an der Situation.
Die Schärfung der Empfindungen und des Blickes hatte sich verändert. Wie oft kann man in seinem Leben lieben? Ich weiß es nicht. Wirklich nur einmal...? Langsam beginne ich, es zu glauben. Langsam glaube ich, daß er die Liebe meines Lebens war und daß ich ihn verloren habe, um zu erkennen, daß alles andere nur eine Illusion ist. Ich bin in keine Sackgasse mehr hineingelaufen seit jener Nacht, und das war auch ein gutes Ergebnis dieser Situation. Mein Gott – sie tun immer so verliebt und versprechen dir den Himmel auf Erden, dabei geht es doch eigentlich nur ums Bumsen. Sind wir doch ehrlich – so ist es. Und wie schon früher erwähnt – ich bumse wirklich gerne. Und das kann man ja auch erleben, ohne gleich eine Wohnung einzurichten und gemeinsame Leasingraten für den Jaguar XJ6 zurückzuzahlen. Ich sei so unromantisch, haben mir in den letzten Jahren viele Männer gesagt. Ausgerechnet ich und unromantisch. Daß ich nicht lache. Nur weil ich sehr schnell das Thema gewechselt habe, wenn ihre Stimme wie ein Cello zu klingen begonnen hat, bin ich doch nicht unromantisch. Im Gegen-

teil – ich habe wahrscheinlich das erlebt, was man Romantik nennt, und war seit damals einfach nicht mehr bereit, so zu tun, als ob. Ich wollte niemanden betrügen, indem ich auch ›ich liebe dich‹ geflüstert habe mitten in der Nacht, wenn ich eigentlich nur nicht allein sein wollte und wenn er einen knackigen Hintern hatte. Nein – ich sage nicht, daß sie keine Empfindungen haben – im Gegenteil. Das Dumme ist nur, daß wir alle nicht gelernt haben, daß die Wahrheit viel schöner sein kann als die romantischste Lüge. Ich will meine wahren Gefühle und Sehnsüchte einfach nicht abnützen. Ich will den Satz ›ich liebe dich‹ nicht so oft aus meinem Mund fallen lassen, bis er so schäbig klingt wie Wahlversprechen von George Bush ›No new taxes‹. Das ist alles. Wer das nicht achtet und mit der Wahrheit glücklich sein kann – der tut mir leid. Ist es nicht viel schöner, wenn man zu einem Papierflieger Papierflieger sagt und nicht Concorde...
Was ist das Ergebnis, wenn man sich selbst belügt und die Dinge schöner machen will, als sie sind? Das Ding stürzt schon nach fünf Metern ab, und die Enttäuschung ist doppelt so groß. Wenn ich aber einen schönen Papierflieger habe, kann ich mich freuen, daß er tatsächlich fünf Meter weit geflogen ist und nicht schon nach dreieinhalb abstürzt so wie der letzte. Aber was soll's. Wahrscheinlich will die Welt belogen werden –. Ist nicht mein Problem. Und wenn ich so zurückschaue, war es immer noch besser, wenn jemand die Tür zu meiner Wohnung zugeworfen hat mit den Worten: »Du eiskalte Hexe«, als breitbeinig vorm Fernseher zu sitzen und auf das Essen zu warten.

Unsichtbare Gefahren sind die gefährlichsten und mit Unkraut zu vergleichen – unbemerkt ranken sie sich hoch und können einen Baum erwürgen.
Das Blatt von dem Kalender, auf dem dieser Spruch gestanden ist, habe ich mir aufgehoben und immer auf meinem Schreibtisch liegen. Ich bin stolz darauf, keine Kompromisse gemacht zu haben und so auszusehen, wie – wie – nein, ich will niemandem zu nahe treten. Aber es gibt zu viele, denen man ansieht, daß sie es zutiefst bereuen, nie die Kurve der Wahrheit genommen zu haben. Dann sitzen sie partnerschaftlich in irgendwelchen Restaurants und signalisieren nur mehr eines: »Obwohl wir schon seit siebzehn Jahren zusammenleben müssen, handelt es sich dabei um den größten Irrtum unseres Lebens – könnte bitte irgend jemand irgendwoher mit zwanzig Kilogramm TNT kommen und diese verfahrene Situation in die Luft sprengen – ja?!«
Nein, solche Abende zu erleben war nicht mein Lebensziel, und ich bin dem Wahnsinn Gott sei Dank oft genug von der Schaufel gesprungen.
»Ja – das bist du …«
Da war er wieder. Aufrecht saß er wie gewohnt schimmernd neben mir und beschützte mich.
»Hat nicht jeder Mensch einen Schutzengel, so wie du einer bist?« fragte ich ihn zum hundertsten Mal, seit wir einander kannten.
»O ja.«
»Warum passiert dann so viel Mißgeschick?«
»Jeder Schmerz ist nur ein Zeichen dafür, daß man etwas falsch macht.«

»Ja, aber warum muß man überhaupt so viel falsch machen – warum rollt es nicht von Anfang an – so wie ein Rad?«
»Das Rad deines Lebens mußt du dir selbst bauen.«
»Und wozu habe ich dich dann eigentlich?«
»Ich kann nicht verhindern, daß du durch Schmerzen lernst – ich bin nur bei dir, damit du nie die Hoffnung verlierst...«
»Und du kannst nicht den kleinsten Umweg verhindern.«
»Nein.«
»Nicht einmal Aids abschaffen? Ich hasse diese Gummis.«
»In der Apotheke gibt es die besonders dünnen – besonders reißfesten...«
»Das ist deine Antwort?«
»Das ist meine Antwort.«
»So machst du mir Hoffnung.«
»Wenn du zu Ende denkst, wirst du mich verstehen...«
Damit verschwand er wieder und ließ mich sitzen.
Zu Ende denken... zu Ende denken... Immer mußte er das letzte Wort haben. Das Dumme ist nur, daß er recht hatte –. Wenn ich die gesammelten Hinweise meines gesammelten Lebens zu Ende dachte, blieb nur ein Satz übrig: »Liebe, und tu, was du willst.« Tu, was du willst... Diesen Satz hatte er mir zum ersten Mal vor vielen Jahren gesagt, als er mir auf einer Landstraße erschienen war. Einfach so leuchtete da eine Gestalt vor mir, und ich wußte sofort – das ist mein Schutzengel. Ohne jeden Zweifel war das so, und diese Klarheit, die

ich in diesem Augenblick hatte, benutzte er und gab mir den wichtigsten Satz mit, den ich je gehört hatte ›Liebe, und tu, was du willst‹.

Ich bin jetzt viele Jahre älter, und an dieser Aufforderung hat sich nichts geändert. Im Gegenteil – sie wird täglich stärker. Sie wird in dem Maße stärker, in dem ich darauf komme, was ich will und was ich nicht will. Ich will mein Leben in Wahrheit und Freiheit führen. Ich will mich nicht belügen und von meiner Erkenntnis abbringen lassen, daß es keinen anderen Menschen gibt als mich selbst, der dafür verantwortlich ist, ob ich glücklich bin oder nicht. Ich bin meinem Weg voll Zärtlichkeit und Vorsicht gegangen und habe das Schönste erlebt, was es geben kann. Die gleichberechtigte Liebe zu einem anderen Menschen ohne Angst und ohne Zwang und ohne tötende Routine. Es hat nur zwei Tage gedauert und trotzdem ein Echo in mein Leben gesetzt, das mich bis zu meinem Tod begleiten wird. Das ist das Gute an der Situation – ich habe gelernt, wer ich bin, und ich habe gelernt, mit mir zu leben, ohne Masken zu tragen –. Was kann es für ein besseres Ergebnis geben als das.

Es war dunkel geworden, und der Mond stand groß und rund über der Stadt.

Ich saß da und blickte hinauf. Eine große Wolke schob sich langsam über die runde helle Scheibe, und sie sah tatsächlich aus wie ein großes Schiff mit vollen Segeln.

»Wenn man Augen hat, zu sehen – dann sieht man eben...« sagte ich zu dem Kellner, nachdem ich gezahlt hatte, und ließ ihn erstaunt zurück. Ich wanderte an das Ufer des Flusses und sah hinauf zu dem Schiff.

»Heute bin ich bereit«, sagte ich leise vor mich hin –. »Heute bin ich bereit ...«

Ich blieb noch eine Weile stehen und ging dann langsam unter den Bäumen, die am Ufer standen, nach Hause. Nach ein paar Schritten kam mir ein Mann entgegen – er hatte einen schönen Gang, und im Vorübergehen sah ich ein Leuchten in seinen Augen. Als ich eben im Halbdunkel eines Baumes an ihm vorbei wollte, hörte ich seine Stimme.

»Bist du wirklich bereit ...« Ich blieb stehen und sah zu dem Mann hinüber. Er kam näher, und dann erkannte ich ihn ...

»Guten Abend ...«

Er blieb vor mir stehen und sah mich an. Lange standen wir so, und er las in meinen Augen die Geschichte der letzten sieben Jahre.

»Ich dachte, du kommst nie wieder ...«

»Es ist das erste Mal seit Hunderten von Jahren.«

»Warum –?«

»Die Frist ist um. Du hast mich ein zweites Mal gerufen ...

»Ja – das habe ich ...«

»Ich liebe dich.«

»Ich liebe dich auch ...«

»Dann werden wir jetzt gehen ...«

»Ja, laß uns gehen ...«

Er nahm mein Gesicht in seine Hände, und wir küßten uns lange und ohne Hast. Dann legte er seinen Arm um mich, und wir flogen hinauf zu dem Schiff, das hoch oben vor dem Mond auf uns wartete.

Wir standen nebeneinander an der Reling, und er hatte seinen Arm um mich gelegt. Ich sah, wie der Anker gelichtet wurde und der Wind in die blutroten Segel strömte...

Ganz langsam nahmen wir Fahrt auf und fuhren auf und davon und weit, weit, weit hinein in alle alle Ewigkeit...

Anfang

Gabriel Barylli
in der nymphenburger

Ein buntes Kaleidoskop an Lebenserfahrung auf den Punkt gebracht.

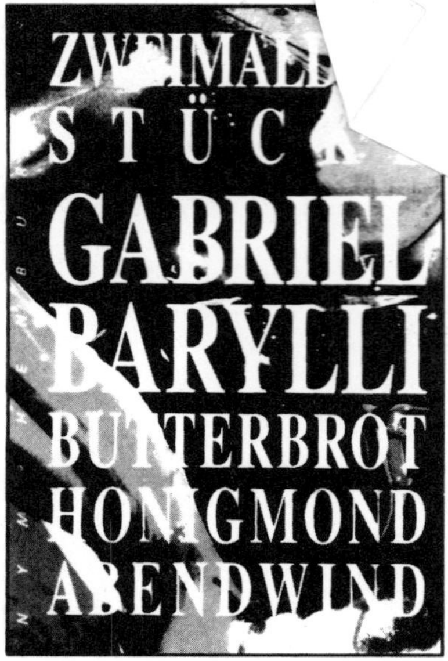

»Man muß mit allem rechnen – auch mit dem Schönen.« *Butterbrot*

»Es wird alles gut – man muß sich nur treiben lassen in den eigenen Wünschen und gleichzeitig den Kompaß nicht aus den Augen verlieren, ich brauche eine Stimme, die sagt: 'Alles wird gut'.«
Honigmond

»Die Körper trennen sich manchmal voneinander – vielleicht für immer – aber all das, was die Seele einmal berührt hat, ist doch für immer bei ihr – für immer ...«
Abendwind

nymphenburger